KEITAI
SHOUSETSU
BUNKO
野いちご SINCE 2009

腹黒王子さまは
私のことが大好きらしい。

* あいら *

○ STARTS
スターツ出版株式会社

カバー・本文イラスト／覗あおひ

私には、とびきり優しい幼なじみがいる。
　優しくてかっこよくて
　きっと私になんて、興味がないと思っていたのに……。
「乃々(のの)は今日も世界一可愛いね」
「危ないから、俺(おれ)から離(はな)れちゃダメだよ？」
「他の男になんか、絶対に渡(わた)さない。乃々はずっと前から、俺だけのものでしょ？」

　天然無自覚美少女。
　純粋(じゅんすい)で京壱(きょういち)の溺愛(できあい)にも気づかない鈍感(どんかん)。
《百合園(ゆりその) 乃々花(ののか)》
　　　×
　乃々花ラブな王子様系美男子(腹黒)。
　乃々花にしか興味がない。
《椎名(しいな) 京壱》

　私は知らないうちに
　幼なじみに溺愛されていたらしい。
「俺の可愛い乃々……誰(だれ)にもあげない」
　ヤンデレ最強王子様からの溺愛に
　逃(に)げる術(すべ)なし。

　＼ 甘々(あまあま)溺愛ラブコメディー ／

01＊大好きな幼なじみ。
「起きないとキスしちゃうよ」　10

「……俺も乃々が大好きだよ」
＊side京壱　19

「今すぐ乃々に会いたい」　34

「誰と会ってたの？」＊side京壱　51

02＊王子様の秘密
「……乃々、そいつから離れて」　64

「他の男になんて渡さない」
＊side京壱　84

「もうずっと前から……俺は乃々しか見えてない」　94

「あんまり可愛いことばっかり言わないで」＊side京壱　101

03＊恋人
「……かーわいい」　116

「乃々、嫌なんでしょう？」
＊side京壱　127

「どうしてそんなこと思うの？」　136

「本当に、俺を煽るのが上手だね」
＊side京壱　146

04＊不安と嫉妬

「ごめん、撫でるだけじゃ足りなかった」　168

「心配で俺がどうにかなりそう」
＊side京壱　189

「男？」　199

「俺が他の女の子と遊ぶって言ったら、どうする？」＊side京壱　218

05＊独占欲

「他に、言うことないの？」　224

「あなたみたいな人は、一番厄介なんですよ」＊side京壱　251

「…………は？」　261

「そんなこと言うの、反則でしょ」
＊side京壱　265

「……もう、嫉妬させないで」　286

06＊誰にもあげない。

「メイド喫茶、か……」　298

「俺は乃々だけのものだよ」
＊side京壱　302

「乃々には敵わない」　317

「誰にもあげない」＊side京壱　333

あとがき　342

01＊大好きな幼なじみ。

「起きないとキスしちゃうよ」

　私には、幼なじみがいる。
　運動も勉強も……なんでもできて、とびきり優しい幼なじみが。
　同い年なのにどこか大人びていて、紳士で、まるで王子様みたいな人。
「乃々、起きて」
　大好きな声が聞こえて、重たい瞼を開く。
　ゆっくりと広がっていく視界の真ん中に、綺麗な笑顔が映った。
「ん……きょぉ、ちゃん……」
　名前を呼んだ私に、再び微笑むその人の名前は、椎名京壱。私の幼なじみ。
「早く起きないと遅刻しちゃうよ」
　朝に弱くて、目覚めの悪い私をいつも起こしに来てくれる京ちゃん。
　優しい声に促されるけど、まだこの微睡みに浸っていたくて、わがままを零した。
「もう、ちょっと……」
「ふふっ、可愛いけどダメ。起きないとキスしちゃうよ」
「……っ」
　京ちゃんのそのひと言は、私を一瞬で現実世界に引き戻した。

朝の恒例になっている、京ちゃんの決まり文句。
　本人は冗談で言っているんだろうけど、朝からすごく心臓に悪い。
　ガバッと勢いよく起きた私を見て、京ちゃんはいたずらが成功した子供みたいに笑う。
「ふふっ、残念。おはよう」
　ざ、残念って……そんなこと、絶対に思っていないくせにっ……。
「お、おはよう……」
　京ちゃんはいつも優しいけど、たまに意地悪だ。
「外で待ってるから、支度して出ておいで」
「うん……！　い、急ぐね……！」
「急がなくていいよ。乃々は慌てたらドジしちゃうでしょ？」
　……うっ。
　否定できなくて、返事に詰まる。
「う、うんっ……」
　素直に頷くと、京ちゃんはまたくすりと笑って、私の頭を撫でた。
　いつもの朝。
　私と京ちゃんは、だいたいいつもこんな感じだ。
　寝坊助でドジで間抜けで……なんにもできない私と、いつも一緒にいてくれる京ちゃん。
　私がどんなヘマをしたって、怒られたことは一度もない。
　優しい優しい京ちゃん。

私はそんな京ちゃんが大好き。
　幼なじみとしても、1人の男の人としても——。
　でもそんなこと、京ちゃんは知らないし、言うつもりもなかった。
　京ちゃんにとって私は、妹みたいな存在。
　この恋は、誰にも内緒。

「お母さん、行ってきます！」
　カバンを持って、リビングを出て玄関に向かう。
「行ってらっしゃい。あ、そうだ乃々花、今日お父さんとお母さん、仕事で夜遅くなりそうなの」
　家を出る間際、投げられた言葉に少しだけ肩を落とす。
　今日は1人、か……。
「うん、わかった……！　お仕事頑張ってね……！」
　でも、もう私も高校1年生で、寂しいだなんてわがままを言える年でもないし……我慢しよう。
「お待たせ、京ちゃんっ……！」
　玄関を開けて家を出ると、門の前で京ちゃんが待っていてくれた。
　同じ高校に通う京ちゃんは、登下校を一緒にしてくれる。
　急いで駆け寄った私を、なぜかじっと見ている京ちゃん。
「……」
　無言で見つめられ、首を傾げた。
「京ちゃん……？」
　ど、どうしたんだろう……？

私、顔に何か変なものついてる？
　そんなに見つめられたら、顔に穴があきそう……。
「そのピン留め、どうしたの？」
　……え？
　その言葉で、京ちゃんが私の頭に付いたピン留めを見つめていたのだとわかった。
　けれど、その視線がどこか冷たくて、少し不安になる。
「あっ……お母さんが買ってくれたの。変……かな？」
　可愛い花柄のピン留めで、すごく気に入っていたんだけど……。
　私の言葉に、京ちゃんはなぜかホッとした表情を見せた。
「あぁ、お母さんか」
　いったい何に納得したのか、「それならいいんだけど」と付け足すように零す。
　……？
「変じゃないよ、とっても似合ってる。可愛い」
　不意打ちの言葉に、思わずドキッと反応してしまった。
　か、わいい……。
　他意がないことはわかっている。
　きっと道端にいる猫を見て、可愛いって言うのと同じ感覚だろう。
　でも……京ちゃんに言われると、嬉しくて過剰に反応してしまう。
「あ、りが、とう……」
　きっと情けないくらい赤くなっている顔を、隠すように

俯(うつむ)いた。
　学校に近づくと、生徒たちの視線が京ちゃんに集中する。
　女の子はみんな、目をハートにして京ちゃんを見ていて、それに少しだけ胸が痛んだ。
　京ちゃんは人気者。
　当たり前だ。かっこよくて、勉強も運動もできて、優しくて……みんな京ちゃんを好きになる。
　まるで絵本の中から出てきた王子様を彷彿(ほうふつ)とさせる、プラチナブロンドで少しパーマのかかった綺麗な髪(かみ)に、透き通るような碧(あお)い瞳(ひとみ)。
　すらりと伸(の)びた長い手足。何を着ても様になる、モデルさんのようなスタイル。
　神様が丁寧(ていねい)に作り上げた、一寸の狂(くる)いもない綺麗すぎる容姿。
　ファンクラブだってあるみたいだし、校内ではアイドルのような存在だ。
「おはようございます！　椎名さん……！」
「椎名くん、おはよう！」
　辺りから飛んでくる声に、京ちゃんは笑って返した。
　京ちゃんの笑顔に、「きゃー‼」という黄色い声がそこかしこからあがる。
「はぁ……今日もかっこいい……！」
「どうしてあんなに素敵なんだろう……」
　女の子たちが、京ちゃんのほうを見てそう言っているのが聞こえた。

うん……すごく、わかる……。
京ちゃんは、ほんとにかっこいい。
どんなときも、いつだって、1番かっこいい。
こうやって騒がれているのだって、いつものことだ。
別に、京ちゃんを独り占めしたいだなんて思っていない。
でも……こういうとき、ぼんやりと考えてしまうんだ。
　京ちゃんは好きになってくれた女の子の中から、いつか彼女を作って、私から離れていくのかな……って。
　そう考えると、胸が苦しくてどうしようもなかった。
　隣を歩きながらじっと、京ちゃんの横顔を見つめる。
　恋人になりたいだなんて、わがままは言わない。
　でもせめて……ずっと幼なじみとして、京ちゃんの近くにいたいよ。
「……ん？　どうしたの乃々？」
　そんなことを考えていると、突然京ちゃんが私のほうを見た。
　バレていないと思っていたから、驚いて変な声が出る。
「ふぁっ……！　な、何もないよっ……？」
　恥ずかしくて、慌てて視線を逸らした。
「そう？　ならいいんだけど」
　深く聞いてこなかったことにホッとして胸を撫で下ろしたとき、肌を刺すような冷たい風が吹いた。
「くしゅんっ」
　今日は着込んだうえに、マフラーもしてきたのに、まだまだ防寒不足だったみたい。

冬休みが終わり、冬本番の今の寒さは凶器だ。
　２月はもっと寒くなるって言っていたけど……今年の冬を乗り越えられるか、心配になってきた……。
「乃々のマフラー寒そうだね」
　私のマフラーを見て、京ちゃんが心配そうに言う。
「うっ……平気だよ！」
　確かにちょっと、生地が薄いけど……可愛いから、気に入ってるんだ。
　もう１周巻こうとマフラーに手をかけたとき、なぜか京ちゃんが自分のマフラーを外し出した。
　そして外したマフラーを、私の首に巻き始める。
　……え？
「きゃぁーー!!」
　女の子たちが、目をハートにしてこちらを見ている。
「はい、俺のを上からつけて」
　私のマフラーの上から自分のマフラーを巻いて、満足気に微笑んだ京ちゃん。
　笑顔も行動も、全部がスマートで、本当に王子様みたいだと改めて思った。
「で、でも、京ちゃんが……」
「俺は平気。それより、乃々が風邪ひいたら大変だから」
　ポンッと頭を撫でられ、それ以上何も言えなくなる。
「あ、ありがとう……」
　素直にお礼を言って、京ちゃんが貸してくれたマフラーをぎゅっと握った。

京ちゃんがつけていたからか、マフラーは温かくて、ふわりと京ちゃんの匂いがする。
「えへへっ……京ちゃんの匂い……あったかい」
　なんだか幸せな気持ちになって、思わず笑みが零れた。
「……」
　……ん？
「京ちゃん？」
　視線を感じて隣を見ると、京ちゃんがじーっと私を見て固まっていた。
　私の呼びかけに、我に返ったのかハッとした表情をして、いつもの優しい笑みを浮かべる。
「……あぁ、なんでもないよ」
　そう……？
　あ、もしかして、寒さでぼーっとしちゃっていたのかもしれないっ……。
　今更返すって言っても、きっと断られるだろうし……明日からは、ちゃんとあったかい生地のマフラーをしてこうっ……。
「それより乃々、今日はお母さんたち仕事で帰りが遅いんだよね？」
　さっき、うちのお母さんにでも聞いたのだろうか。京ちゃんの言葉に首を縦に振る。
「うん、そうみたい……。きっと日をまたぐくらいになると思う」
「よかったら泊まりに来る？　1人じゃ寂しいでしょ？」

「え？ いいのっ……？」
　思わぬ提案に、目を見開いた。
「もちろん。乃々ならいつでも大歓迎だよ」
　京ちゃん……！
「い、行きたい……！」
「それじゃあ乃々のお母さんには俺から連絡しておくね」
　お泊まり……久しぶり……。
　今日は１人で寂しいなぁと思っていたから、こんな展開になるなんて……！
「ふふっ、やったぁ……」
　緩む頬を抑えられなくて、きっと今、だらしない顔をしているに違いない。
　京ちゃんと、ずっと一緒にいられる。
　今日はいい日だっ……。
「あー……かわい……」
　……え？
「京ちゃん？　何か言った？」
　こっちを向いて、ぼそりと何か呟いた京ちゃん。
　小さい声だったから聞き取れなくて、そう聞き返す。
「ん？　なんでもないよ。それじゃあ着替えだけ持って、泊まりにおいで」
「うんっ！」
　そのときの私は京ちゃんの家にお泊まりできるのが嬉しくて、はぐらかされたということに気づかなかった。
　楽しみだなぁ……ふふっ。

「……俺も乃々が大好きだよ」＊side京壱

　俺の幼なじみは、世界一可愛い。
　薄いピンクブラウンの、ゆるいパーマがかかったロングヘア。
　今日はその髪を編み込みにして、新しい花柄のピン留めを留めている。
　身長は150センチ程度と小柄で、本人は気にしているが小動物のような可愛さを兼ね備えている。
　"可愛い"という言葉は、乃々のために存在していると断言できるほど、可愛い。
　放課後になり、ふぅ……と息を吐く。
　つまらない授業が、やっと終わった。
　今からは……乃々と２人の時間。
「乃々、帰ろっか？」
　帰る支度をして、隣の席の乃々に声をかけた。
「うんっ」
　笑顔で頷いた乃々に、ため息が出そうになった。
　……可愛い。
　乃々を見ていたら、頭の中がその言葉で埋め尽くされる。
　アイデンティティが崩壊して、バカの１つ覚えみたいにその言葉しか出てこない。
　でも、仕方ない。
　だってそれほど、乃々は可愛いから。

可愛くて可愛くて……俺にとって、世界で唯一の愛しい存在。
　　……そんなこと、乃々は全く気づいてもいないんだろうけど。
　　2人で教室を出て、廊下を進む。
　　……ん？
　　隣にいる乃々が、なんだか楽しそうに見えて思わず口を開いた。
「どうしたの？　ご機嫌だね」
　　乃々は喜怒哀楽の"怒"を持ち合わせずに生まれてきたような朗らかな性格だから、いつも機嫌はいいけど、今日は周りに花が飛んでいるように見えるほど上機嫌。
　　何かあったのか？と思い乃々をじっと見ると、図星を突かれたというような反応を見せた。
「え？　そ、そうかなっ……？」
　　恥ずかしそうに顔を赤らめて、ふわりと控えめな笑顔を浮かべた乃々。
「えっと……久しぶりのお泊まり、嬉しいなって思って……えへへっ……」
　　あー……。
　　あまりの可愛さに口元が緩みそうになって、急いで手で覆った。
　　そしてすぐに、周りを確認する。
　　今の可愛い顔、誰も見てないだろうな……？
　　どうやらその心配はいらなかったらしく、ホッとする。

……処分する手間が省けてよかった。
　俺の乃々に近づこうとしたり、俺に向けられた表情を盗み見したヤツは……社会的に抹殺してやる。
　乃々の可愛い顔は、俺が独占したい。
　他の男になんて、少しだって見せたくないから。
　それにしても……そんな幸せそうな顔をされたら、たまらなくなる。
　抱きしめたい衝動を堪えるように、行き場のないため息を吐き出した。
　靴箱に着くなり、俺は一番上の段に手を伸ばす。
「ちょっと待ってね」
「いつもごめんね、京ちゃん……」
「ふふっ、気にしなくていいよ、このくらい」
　申し訳なさそうにする乃々に、笑顔を向けた。
　乃々と俺にとって、当たり前なことの１つ。
　乃々の靴箱は、１番上の段だ。
　身長が低い乃々では届きにくいから、俺が靴を出し入れしてあげている——なんていうのは、ただの口実。
　乃々の靴箱を開いて、中身を確認する。
「……今日はあり、か……」
　誰にも聞こえないような声で、そう呟いた。
　……チッ。
　乃々にバレないように、靴箱に入っている手紙……所謂ラブレターというやつを取り出す。
　俺が牽制しまくっているにもかかわらず、乃々に近づこ

うとする男がこの学校には山ほど存在する。
　一番厄介(やっかい)なのが、こうして密かに接触(せっしょく)を試みようとするヤツらだ。
　取り出したラブレターを自分のカバンにこっそり入れてから、乃々の靴を取ってあげた。
　これはあとで、差出人を調べて処分する。
　この手紙も───その生徒も。
「はい、乃々」
　下に靴を置いてあげると、乃々はにっこりと笑った。
「ありがとうっ」
　お礼なんて、いらないのに。
　このラブレター問題に気づいた俺は、内密に担任の先生に頼(たの)み込んで、わざわざ乃々の靴箱を上段にしてもらったのだ。
　そんなことにも気づかない、純粋な乃々。
　俺がどれほど乃々のことを好きで、どうやって俺のものにしようかと、そればかり考えているとも知らずに……俺を慕(した)っている。
　俺は乃々のこと──ただの幼なじみだなんて、思ったこともないのに。
　ずっと……ずっと前から、乃々は俺の……。
　──誰よりも何よりも、愛しい存在。

　一度乃々の家に寄って、着替えを取ってから、15分ほど離れた俺の家へ向かった。

２人で宿題をして、ゆっくり話して、晩御飯を食べて。その後、先に風呂に入るように乃々に伝えた。
　風呂から戻ってきた乃々が、俺の部屋に入ってくる。
　濡れた髪のまま、シルク素材のワンピースを着ている乃々の姿。
　俺には、目に毒すぎる。
「温まった？」
　平静を装ってそう聞けば、頬を紅潮させている乃々がこくりと頷く。
「うんっ、先に入らせてくれてありがとう」
　ソファに腰かけていた俺の隣に座った乃々。
　俺は手を伸ばして、近くの棚からタオルを取り出した。
「乃々、こっちに座って。髪乾かさなきゃ」
　ドライヤーも用意して、俺の前に座るよう促す。
「えっ……自分でできるよ？」
「いいから、おいで」
　俺がしてあげたいだけだから、という言葉は呑み込んで、笑顔で手招きする。
　少し考えてから、乃々は言うとおりに俺のほうへ来た。
「し、失礼します……」
　失礼しますって……縮こまって、可愛いなぁ……。
　あー、このまま後ろから、ぎゅっと抱きしめたい。
「ふふっ、テレビつけてもいいよ」
　乃々の髪をタオルで優しく拭きながらそう言った。
「うんっ」

首を縦に振って、リモコンを取りチャンネルを操作し始めた乃々。
　いろんなチャンネルを見比べたあと、放送されていた映画番組で止まった。
「これ、なんの映画だろう？」
　乃々の言葉で、ドライヤーをセットしながら、テレビの画面に視線を移す。
　……ん？
　乃々が好きそうな動物が映っていて、一瞬コメディものか何かだと思ったが、すぐに画面が一転。
　不気味なBGMとともに、ゾンビ化した動物が現れた。
「ひゃっ！」
　叫び声をあげた乃々が、俺のほうを振り返って、抱きついてくる。
　とっさのことで、ドライヤーが当たりそうになったが、なんとか回避できた。
　ぎゅっと、足にしがみついてくる乃々。
「こ、怖い映画っ……やだっ、消して京ちゃん……！」
　縋るように頬を擦り付けてきて、思わずごくりと息を呑んだ。
　……か、わいい……。
　ああダメだ、加虐心が煽られるというか……俺に縋ってくる乃々が可愛すぎて、もっと見ていたい。
　昔から乃々はホラーものが大の苦手で、今も自分でテレビを消す余裕すらないようだ。

俺は優しく頭を撫でて、そっと囁いた。
「大丈夫だよ、怖くないから。消してもいいけど……こういうのって最後まで見なきゃ呪われちゃうんじゃなかったっけ……？　いいの？」
　乃々以外の人間が聞いたら、すぐに気づくような冗談を口にする。
　乃々が甘えてくれるなら、俺は平気で嘘をつける男だ。
「っ、ダメ……！」
　そう言ってさっきよりも強くしがみついたかと思うと、目に涙を溜めて、俺を見上げる乃々。
　それを見た瞬間、ドクリと全身の血が沸騰した気がした。
　……可哀想な乃々。
「呪われるのは、やだ……！」
　こんな嘘に騙されて。
　俺みたいな男に……捕まって。
　でも安心して。俺は死ぬまで乃々のそばにいて、大事に大事にするから。
　存分に甘やかして、俺なしじゃ生きられなくして……世界一幸せにしてあげる。
「きゃぁっ……！」
　テレビから大きな効果音がして、乃々がびくりと震えた。
「京ちゃん、京ちゃんっ……！」
　この映画、そんなに怖い……？
　どう見てもB級映画って感じだけど……ま、乃々の可愛い姿が見られたからいっか。

そっと手を伸ばして、乃々の両脇に手を差し込んだ。華奢な身体は相変わらず驚くほど軽くて、そんなに力を入れなくても軽々と持ち上がる。
「大丈夫、怖くないよ。作りものだから」
　俺は自分の膝の上に乃々を乗せて、ぎゅっと抱きしめた。
　乃々はすぐに抱きしめ返してきて、俺の胸に頬を擦り寄せてくる。
　どうにかしたいくらい可愛くて、内心いろんな感情が爆発寸前だった。
　普段は甘え下手で、朝くらいしか甘えてくれない乃々。
　こんなに甘えてくれるなら、これからは頻繁にホラー映画をつけてみるのもいいかもしれない。
　乃々に甘えられることが何よりも嬉しい俺にとって、今は至福の時間。
「よしよし、大丈夫だよ」
「うぅ……京ちゃ……っ」
　幸せな時間に浸っていたが、ぐすぐすと泣いている乃々の姿に、さすがにいじめすぎたかと反省した。
　これ以上はかわいそうだな……。
　そっとリモコンに手を伸ばして、テレビを消した。
「ほら、終わったよ。もう大丈夫」
　ポンポンと背中を撫でながらそう言うと、俺の胸にすっぽり埋まっている乃々が恐る恐る顔を上げる。
　必然的に上目遣いになっていて、目に毒すぎる光景。
　ヤバい、今日はほんとにヤバい。

さっきから、乃々から香る自分と同じシャンプーの匂いや身体の密着で相当理性が揺らいでいるのに、この上目遣いは反則だ。
「ほ、ほんと……？　終わった……？」
　捨てられた子犬のような、頼りない表情でそう聞かれ、思わず力加減も忘れ抱きしめてしまった。
　乃々の首筋に顔を埋めて、大きく息を吸う。
　あー、抑えろ俺……。
　ふー……。
　すぐに平静を保って、抱きしめる力を緩めた。
「うん、もうテレビを消したから平気だよ」
「うっ……こ、怖かったっ……」
　安堵した様子で、再び俺の胸に顔を埋める乃々。
　俺の理性が、ぐらりと大きく揺れる。
「乃々は本当に、怖いの苦手だね」
　はぐらかすようにそう言いながら、落ち着こうと口元を手で押さえた。
　とりあえず、今は乃々から離れよう。
　そろそろ限界だと思って、距離を置こうと手を離した俺とは反対に、乃々が抱きしめる手に力を込めた。
「だって……あんな怖いの、ダメだよっ……」
　……っ。
　甘えるような言い方に、今度こそダメだと俺の脳が警報を鳴らす。
　キャパオーバーだ。……これ以上は、まじで無理。

押し倒してめちゃくちゃにしたい衝動に駆られて、笑顔を保つのもしんどくなってきた。
「俺もそろそろ、お風呂入ってこようかな」
　唐突すぎると思いながらも、一刻も早く乃々から離れる口実が欲しくて、そう口にする。
「……っ、え……？」
　心細そうな声が、室内に響いた。
　一瞬、嘘だよと笑って頭を撫でてあげたくなったが、今の俺にそんな余裕はない。
「行ってくるね」
「あっ……」
　ごめんね、乃々。でも、乃々のためだから……。
　酷いこと、されたくないでしょ？
　乃々を自分の膝からおろして、立ち上がる。
　扉を開けて、部屋を出た。
　──バタン。
「はぁっ……」
　ヤバか、った……。
　もしあと少し遅かったら、本当に押し倒していたかもしれない。
　華奢な身体を組み敷いて、自分の口を乃々の唇に押し付けて──。
　絶対にダメだ。今まで我慢してきたものが、台無しになってしまう。
　純粋でなんにも知らない乃々のペースに合わせて、ゆっ

くり幼なじみから抜け出すって決めたんだから……。こんなところで、タガを外すわけにはいかない。

　風呂に入って、落ち着こう。

　きっとまだ怖がっているだろうから、早く部屋に戻ってあげないと……。

　急いだつもりではいたけれど、風呂から上がって時計を見たら、時刻はすでに夜の10時だった。

　乃々は子供体質で基本的に9時には眠ってしまうから、もう寝ているだろう。

　髪を乾かして、部屋に戻る。

　起こさないようにとゆっくり部屋の扉を開け、同じように閉めようとしたときだった。

　──ぎゅっ。

　背後から、華奢な身体に抱きしめられたのは。

「……わっ、びっくりした」

　どうやら、ドアの横で座り込んで、俺が戻ってくるのを待っていたらしい。

　突然のことに驚いたが、身体を半回転させ、向き合うような形で抱きしめ返す。ふわふわの髪を撫でた。

「乃々、起きてたの？」

「京ちゃん、いなくて、怖くて、待ってた……」

　一度風呂に入って冷静さを取り戻しておいてよかった。

　さっきの状態で、こんな可愛く縋られていたら……まずかったな。

　俺にぎゅっとしがみつきながら、うるうるとした目で見

つめてくる乃々。

　俺はそっと乃々の頭を撫でて、安心させるようにやわらかい表情を作った。
「1人にしてごめんね」
「ん、んっ……」
　頭を撫でた手を移動させ、頬を撫でる。
　俺の手に擦り寄ってくる乃々の可愛さと言ったら……。
「怖かったね、もう大丈夫だから泣かないで」
　優しく、指先で涙を拭った。
「な、泣いてないっ……」
　首を振って否定する姿も、愛らしいことこの上ない。
　あぁもう……たまんないな。
「ふふっ、もう遅いから寝ようか？」
　そう言うと、こくりと頷いた乃々。
　俺はそっと手を伸ばして、華奢な身体を抱きかかえた。
　ふふっ、よっぽど怖かったのか……。夜にホラーものを見せるのは控えなきゃ。
　お姫さま抱っこで、ベッドまで運ぶ。
　その間も乃々は俺にしがみついていて、俺はぼんやりと、あー、このまま俺の部屋に閉じ込めちゃいたいな……と思った。
　部屋の奥にあるベッド。
　乃々がいつ来てもいいように、俺の部屋には2つのベッドが置いてある。
「乃々、ベッド着いたよ」

乃々専用のベッドに、ゆっくりとおろす。
　おとなしく布団に入る乃々を見て、俺も自分のベッドに入る。
　……はず、だったのに……。
　乃々がきゅっと俺の服の裾を握ってきた。
「一緒……ダメ？」
「え？」
　大きな瞳が、寂しそうに俺を見つめてくる。
「京ちゃんの隣がいいっ……」
　……っ！
　それは……一緒のベッドで寝るってこと？
　それは無理だと、即座に判断する。
　一晩乃々と同じ布団で寝るなんて、理性を保てる自身が微塵もなかった。
　絶対襲う。言いきれる。
「俺は隣のベッドで寝てるから、怖くないよ？」
　なんとかそれだけは阻止しようと、乃々をなだめる。
　けれど、乃々の目に溜まる涙は、嵩を増す一方。
「京ちゃ……離れたくないっ……」
　乃々の可愛さを前にして、俺が断れるはずがなかった。
　……無理、なんだこの可愛さは。
「わかったよ。それじゃあ今日は一緒に寝ようか？」
　大丈夫、俺は何年も耐えて抑えて我慢してきたんだから、一晩くらい……乗りきれる。
　そう自分に言い聞かせて、小さく深呼吸をした。

俺の返事に、乃々はホッとしたように、ふにゃりと頬を綻ばせた。
　　その可愛さといったらもう言葉に表せないほどで、ふらりと目眩に襲われる。
　　落ち着け俺、大丈夫。極力距離を取って寝れば……平気だ。
　　そっとベッドに入って、少し間を開けて横になった。
　　……うわ……ヤバいな。
　　一緒の布団に入るなんて小学生の頃以来だ。
　　俺は無事に朝を迎えられるのだろうかと、そんな心配が脳裏を過る。
「京ちゃん……」
「ん？　どうしたの？」
「……わがまま言ってごめんなさいっ……」
　　申し訳なさそうに眉を下げて俺を見つめる乃々。
　　そんなこと、気にしなくていいのに。
　　むしろ──。
　　毎日何度でも、わがままを言ってほしいくらいだ。
「いいんだよ。してほしいことがあったら、なんでも言って」
　　どんなことだって、乃々のお願いは嬉しい。
　　手を伸ばして、そっと乃々の頭を撫でた。
　　乃々は嬉しそうに頬を緩めて、笑顔を浮かべる。
　　可愛いなぁ……と思っていたときだった。
　　……っ……!!　え……？
　　乃々が突然、俺に抱きついてきたのは。
　　わざと空けていた距離が、完全にゼロになる。

「京ちゃん、大好きっ……」
　ぎゅっと抱きつきながらそう言った乃々に、全身の血がドクリと騒ぎ出した。
　待……って……それは、ヤバい……っ。
　ただでさえ我慢しているというのに、今それをされたらまずい。
　乃々から離れろと、俺の頭が警告している。
　けれど、乃々は離れる気はないらしく、俺も乃々の手を振りほどくことはできないでいた。
　乃々の"大好き"が、俺の好きと同じ意味ではないことくらいわかっている。
　いつも満面の笑みで口ぐせのようにその言葉を口にする乃々が、愛しい反面苦しくもあった。
　あー……ヤバい、呼吸が変になってきた。
　乃々から漂うシャンプーの香りも、小さな身体から伝わる体温も、そのすべてが俺の欲望を刺激する。
　乃々のすべてに煽られて、おかしくなりそうだった。
　なんとか喉の奥から声を振り絞る。
「……俺も乃々が大好きだよ」
　いつも乃々にそうしているように……深い意味にとられないように、ポーカーフェイスを保つ。
　少しして、規則正しい寝息が聞こえてくる。
　この状態で……朝まで、か……。
　そこから一睡もできずに、俺が朝を迎えたのは言うまでもない。

「今すぐ乃々に会いたい」

　先週は、京ちゃんのお家にお泊まりして、すごく楽しかったなぁ……。

　今日は月曜日。

　チャイムの音が、昼休みの始まりを告げる。

　私はお弁当箱を持って立ち上がり、教室を出た。

　今日は、京ちゃんが欠席。

　最近はあまりなかったけど、たまにお家の都合で、学校を休むことがある。

　京ちゃんのお父さんは所謂大企業の社長で、京ちゃんはその会社の跡取りだ。

　京ちゃんには1つ上のお兄さんがいるけど、京ちゃんが10歳の頃に両親が離婚して、お父さんに引き取られた京ちゃんが跡を継ぐことに決まったそう。

　そういう事情もあって、お偉いさんとの会食や、最近は会社の主催するパーティーにもよく出席している。

　会社の話をする京ちゃんは、私とは別世界の人みたいに感じられて、少し寂しい気持ちになる。

　京ちゃんがいないとき、私は基本1人。

　クラスには友達がいなくて、お昼にお弁当を一緒に食べるような知り合いもいない。

　どこで食べようかな……。

　できるだけ、静かな場所がいいなぁ……。

いつもは京ちゃんと視聴覚室で食べているけど、1人であの広い教室で食べるのは……なんだか怖い。
　人の少ない校舎の奥であいている教室を探そうと、廊下を歩いていると、行き止まりに1つの教室があった。
　"生徒会室"と書かれた表札が、バッテンで消されている。
　こんな教室があったんだ……ここなら静かそうだし、誰も来なそう。
　そう思い入ろうとしたとき、下に文字が書かれていることに気づく。
　不思議に思い書かれている文字を読むと、そこには綺麗な字で"立ち入り禁止"とあった。
　あっ……入っちゃダメなんだ……。
　がっくりと、肩を落とす。
　いいところを見つけたと思ったけど……諦めよう。
「……何してるの?」
　えっ……?
　背後から声がして、反射的に振り返った。
　その先にいたのは、少し制服を着崩し、気だるげな雰囲気を纏った長身の男の人。
　なんとなく、年上だろうなと直感的に思った。
　そして、なんだか見覚えがあるような……気がした。
「あ、あの……」
　誰、だろう……。
　男の人には苦手意識があるので、1歩後ずさる。
　男の人は強くて怖い生きものだから、あまり関わっては

いけないと京ちゃんに言われているのもあって、身構えてしまう。
「君……」
　その人は、私をじっと見つめたまま1歩、2歩と近づいてきて、空けた距離が無意味なものになる。
　少しずつ縮まる距離に、私は不安を感じずにはいられなかった。
「え、えっと……？」
　この人、どうして近づいてくるんだろう……？
　ていうより、なんで私の顔、じっと見ているの……？
「……すっごく可愛い顔してるね」
「……っ」
　……え？
　かわ、いい……？
　私が……？
「びっくりした。天使か何かかと思った」
　私を見て目をまんまるに見開きながら、謎のセリフを吐くその男の人。
　て、天使……？
　せ、制服に羽でも付いているのかな……？と気になり、自分の制服を確認した。
「何してるの？　ふふっ、変わった子だね」
　なぜか私を見て笑い出す男の人に、ますますわけがわからなくなる。
　か、変わっているのは私じゃなくて、この人のような気

がするんだけど……。
　そう思い見つめ返すと、男の人は満足げに微笑んで、制服のズボンのポケットに手を入れ何かを取り出す。
「君のこと気に入ったから、特別に入れてあげるよ」
　取り出したのは鍵（かぎ）で、立ち入り禁止と書かれた教室のドアに差し込んだ。
「え……？　鍵、かかってたんですか……？」
　どうして、この人が鍵を手にしているんだろう……？
「ん？　閉まってたから、入るのやめたんじゃないの？」
「あ……立ち入り禁止って書いてあったので……」
　不思議そうにこっちを見る男の人にそう返事をすると、くすりと笑われた。
「……ふっ、君いい子だね。大丈夫、俺が一緒だから入ってもいいよ」
　ほ、ほんとにいいのかな……？
　扉を開いて、「どうぞ」と勧めてくれる男の人。
　躊躇（ちゅうちょ）しながらも、恐る恐る入らせてもらった。
　少し古びた内装で、日の当たらない室内を見渡す。
「あの、この教室は……？」
「旧生徒会室。今年から移動になったんだけど、去年まではここ使ってたから、こっちのほうが落ち着くんだよね」
「生徒会室……？　あっ……！」
　そうだ……！
　この人、どこかで見たことがあると思ったら……！
「生徒会長さん、ですか……？」

朝礼で、いつも挨拶をしている人だっ……。
　私の言葉に、男の人はにっこりと微笑んだ。
「正解。知ってもらえてるなんて光栄だな」
　そっか……だから当然のようにこの旧生徒会室の鍵も持っていたんだ……。
「君の名前は？」
「百合園……乃々花、です」
「乃々花……可愛い名前。乃々ちゃんって呼んでいい？」
　一瞬、返事に詰まってしまった。
"乃々"っていう呼び方は、特別だったから。
『乃々』
　京ちゃんだけが使う、特別な呼び方。
「は、はい……」
　迷ったけど、別に京ちゃんにとっては特別なことでもなんでもないだろうから、断る理由もない……よね？
「ここ座って」
　会長さんに促され、教室の真ん中にあるソファに座らせてもらう。
　会長さんは、私と向かい合わせにあるソファに座った。
「あ、それお弁当だよね？　ここで食べていいよ。俺も一緒に食べていい？」
「も、もちろんです……！　私のほうがお邪魔している身なので……」
　むしろ、食べる場所を提供してもらえて助かった。
　このまま場所が見つからなかったら、教室に戻るしかな

いと思っていたから……。
　みんなが楽しく食べているなか、私だけ１人で食べるのは悲しい。
　お弁当を広げて、「いただきます」と手を合わせる。
「……ねえ、どうしてそんなに控えめなの？」
「え……？」
　突然意味のわからない質問が飛んできて、首を傾げる。
　会長さんは私をまじまじと、珍しいものを見るような目で見つめた。
「可愛い子ってわがままなイメージがあったから、なんか新鮮でさ」
　……？
　ダメだ……全然意味がわからない……。
　私、会長さんとは意思疎通できない何かがあるのかもしれない……。
「寛いでいいよ。あったかいお茶淹れるね」
　お構いなく……と言う間もなく、奥へ行ってしまう会長さん。
　そしてマグカップを２つ持って、すぐに戻ってきた。
「はい、どうぞ」
　私の前に座って、マグカップの１つを差し出してくれる。
「ありがとうございます」
　ありがたくいただいて、お茶を飲んだ。
　身に染みる温かさに、思わずホッと息を吐く。
「……あったかいです……」

芯まであったまっていくのを感じて、自然と頬が緩んだ。
もう一度口に含もうとしたとき、前から感じた視線。
ちらりと見返すと、会長さんが私の顔をまじまじと見ていた。
「……あ、あの、私の顔に何か付いてますか……？」
心配になって、そう聞いてみる。
「ううん、可愛いなと思って見入っちゃった」
「……っ」
……ま、また変なこと言ってっ……。
会長さん、目がおかしいのかな……？
それとも、ブルドッグとかを可愛いっていう感じのニュアンス……？
「私……可愛くないですよ……？」
ちゃんと否定しようと思い、会長さんをじっと見つめ返した。
すると、「は？」とでも言いたげな表情が返ってくる。
「…………それ、本気で言ってる？」
本気も何も……真実だもの。
「うわ、本気っぽい。まじでか……」
こくりと頷くと、会長は変なものでも見るような目で私を見てきた。
「じゃあ教えてあげる」
……？
なぜか意味深に口角を上げ、私を見つめてくる会長さん。
「君は男からしたら、一目で欲しくなるくらい可愛いよ」

……っ。
ぞくりとした。
その声と、目線に。
冗談で言っているふうには見えなくて、返事に困ってしまう。
「ほ、ほんとですか……？」
自分が可愛いなんて、一度も思ったことがなかった。
京ちゃんは毎日のように言ってくれるけど、それは幼なじみとしての「可愛い」だし、親戚や両親のそれも、きっと身内だからだと思っていたから。
他の人とは外見の評価をされる以前にあまり会話をしないし、むしろ自分の容姿は、平均より悪いほうだと思っていたのに……。
「うん。告白とかいっぱいされてきたでしょ？」
「いえ……1度も……」
「え？　ほんとに？　彼氏は？」
「い、いたことありませんっ……」
恋の話を人とするようなことはないので、なんだか照れてしまう。
京ちゃんのことがずっと好きなだけで、私はそういうこととは無縁の人生を歩んできたから……。
「……うっそ、そこまで純粋培養されることある？」
これでもかと目を見開く会長さんに、そこまで驚くことかな？と疑問に思った。
確かに、高校生で付き合ったことがないのは……遅いの

かな……?
「じゃあ、俺が付き合おうって言ったらどうする?」
「……へ?」
　会長さんの言葉に、間抜けな声が漏れた。
「……どうしてですか?」
「え?」
「私たち、今会ったばかりなのに……?」
　どうして付き合うっていう話になるの……?
　普通そういうのは、長く一緒にいて、お互いをよく知った好き同士の2人がするものでしょう……?
「……ブッ」
　首を傾げた私を見て、会長さんが吹き出した。
「あははっ、乃々ちゃんってほんと変な子だね」
　へ、変な子……?
　ショックっ……。
「君みたいなピュアな子、久しぶり……ははっ」
　お腹を抱えて大笑いしている会長さんが、私にはやっぱり理解できなかった。
　終始笑い続けた会長さんだったけど、ようやく落ち着いたのか、「はぁ……」と息を吐いた。
「……あー……本気で欲しくなってきたかも」
　ぼそりと何か言ったけど、小声だったから聞き取れず、また首を傾げる。
「……そういえば、俺の名前知ってる?」
「すみません……」

正直に返事をすると、優しく微笑みを返してくれる会長さん。
「じゃあ覚えて。３年新川和己。これから仲良くしてね？」
　新川、和己……３年生ってことは、やっぱり先輩だ。
　生徒会長になるくらいだから、当たり前かな。
「は、はいっ……新川、先輩」
　覚えましたという意味を込めて、名前を口にした。
　会長さ……新川先輩は、満足げに微笑む。
「乃々ちゃんはいつもどこでお昼食べてるの？」
「えっと……視聴覚室です」
　そう口にした瞬間だった。
「……視聴覚室？」
　それまで流れていた和やかな空気が、一変したのは。
　新川先輩は一瞬眉間にシワを寄せて、怪訝な表情になる。
「もしかして……乃々ちゃんって、幼なじみいる？」
　……え？
「はいっ。どうしてわかったんですか……？」
　新川先輩って……エスパー？
　そう思って目を輝かせたけど、どうやら違うらしい。
「椎名京壱。超有名人じゃん。椎名グループの跡取りで、どういうわけか、視聴覚室の鍵はそいつが持ってるって、生徒会の耳にも入っているから。それにしても……」
　先輩は何かを察した表情をして、深いため息を吐いた。
「……なるほどね。王子様が囲ってるお姫様って、乃々ちゃんのことか……」

王子……？　姫？
　……またよくわからないこと言ってる新川先輩……。
「あーあ……結構本気だったのに……」
「新川先輩……？　さっきからどうかしたんですか……？」
　言っている意味がまったくわからなくて、さすがに口を出してしまった。
　わ、私にも、わかるように話してほしいっ……。
「んー……王子様を怒らせるのは厄介だけど、敵に回すの覚悟(かくご)で欲しいかな……って、思って」
　……。
「あの……言っている意味が全然……」
「……ま、ひとまず仲良くなれれば今はいいや」
　結局私はまったく理解できないまま、新川先輩が自己完結して終わってしまった。
　んー……なんだかモヤモヤする……。
　もしかして私がバカだから理解できない、のかな……？
　そうだとしたら、ショックだなぁ……。
「乃々ちゃんはさ、その幼なじみくんと付き合ってるの？」
　終わったと思っていた話はまだ続いていたらしく、心臓に悪い質問が飛んできた。
「……っ、ち、違います……！」
「え？　違うの？」
　慌てて首を振ると、じーっと疑いの目で見つめられる。
「……うわ、顔真っ赤。やっぱり図星？」
「あの……ほんとに、違うんです……っ」

考えれば考えるほど頬が熱を持ち、きっと間抜けなくらい赤くなっているに違いない。
「私が……一方的に……」
　そこまで言えば、新川先輩も察してくれたのか、私を見る視線から疑いが消えた。
「待って、乃々ちゃんが幼なじみくんのこと好きなの？　片想いってこと……？」
　改めて聞かれると、恥ずかしい……っ。
　こくりと頷いて返すのが、やっとだった。
　誰かにこの気持ちを打ち明けたのは……初めてだった。
「……いや、どう考えても両想いでしょ」
「……え？　今なんて……」
「どのくらい好きなの？　その幼なじみのこと」
　聞き取れずに聞き返した私のセリフは無視で、言葉を続ける新川先輩。
　どのくらい、好き……？
　そう聞かれると難しいな……。
「ずっと好きです……。京ちゃんは、物心ついたときからすっごく優しくて、かっこいい存在で……」
　たとえるなら……太陽みたいな人。
　暖かくて眩しくて、いつも道を示してくれる……導いてくれる、私にとっての太陽。
「ヘー……羨ましいね」
　また聞こえるか聞こえないかの声量でぼそりと呟いた新川先輩だったけど、今回は聞き取れた。

でも、羨ましいって……？
「新川先輩も、京ちゃんのこと好きですか……？」
　京ちゃんすっごく人気だから……男の人のファンがいてもおかしくない。
「……ブッ、なんでそうなるの？　それは絶対ない」
　笑いながら、きっぱりと否定されてしまった。
「そ、そうですか……」
「俺でよかったら、いつでも相談してよ」
「え？」
「その、幼なじみくんとのこと」
　相談……？
「基本的にここか、新しい生徒会室にいるからさ」
　にっこり微笑んでそう言ってくれる新川先輩が、神様に見えた。
　京ちゃん以外の人に相談事をするなんて……考えたこともなかった。
「あ、ありがとうございますっ……」
　そっか……京ちゃんのこと、相談してもいいんだ……。
「乃々ちゃんなら、いつでも大歓迎。あ、でもこの教室のことは秘密だよ？　秘密基地みたいなもんだから」
「は、はいっ……！」
　新川先輩の言葉に頷くと、笑顔を返してくれた。
「新川先輩は……いい人ですね」
　相談してもいいと言ってもらえて、すごく救われた。
　今まで京ちゃんのことで悩んでも、ずっと１人で考えて

はぐるぐるして、答えなんか出なかったから。
　京ちゃんが好きってこと、誰にも言ったことなかったけど、新川先輩に言ってよかったと思う。
　男の人は怖いって思っていたけど……。
　私の中で新川先輩が、"いい人" という立ち位置になった。
　今日、この教室に来てよかったなぁ……ふふっ。
　自然と頬が緩んで、両頬に手を添える。
　新川先輩はそんな私を見て、意味深な笑みを浮かべた。
「……乃々ちゃん、覚えておいたほうがいいよ」
　……ん？　何をだろう……？
「男が女の子に優しくするのは、下心があるからだって」
「……？」
　下心……？
　それって、どういう……？
　――キーンコーンカーンコーン。
「あっ……予鈴……」
　あっという間に時間が過ぎていたことを知り、慌てて食べかけのお弁当を片付ける。
「私、次移動教室なので、戻りますっ……！」
　もう少し話したかったけど……授業に遅刻するわけにはいかない。
　新川先輩とはまた、ゆっくりお話ししたいな。
「うん、またね」
　笑顔で手を振ってくれる先輩にぺこりと頭を下げて、旧生徒会室を出た。

ふふっ、学校に知り合いが1人増えた……それに、とってもいい人っ……。
　私はスキップをしたい気分で、教室に戻った。
「王子の恋人に手を出したら、処分されるって噂。きっと本当なんだろうなぁ……。乃々ちゃんってば、自分がどれだけ囲われてるか、全然気づいてなさそー……」
　部屋に残された、新川先輩のセリフも知らずに……。

　放課後。
　帰る支度をすぐにすませて、教室をあとにした。
　今日は京ちゃんがいなくて寂しかったけど、新川先輩と知り合いになれて嬉しかったな……。
　――プルルルルッ。
　正門を出たと同時くらいに、ポケットに入っているスマホが鳴った。
　びっくりして慌てて取り出すと、画面に【京ちゃん】の文字が映し出されていた。
　わっ……京ちゃんからだ……！
　すぐに通話のボタンを押して、スマホを耳に当てる。
「もしもし、京ちゃん？」
『乃々、今帰り？』
　スマホ越しに聞こえた声に、自然と口元がほころんだ。
「うんっ！」
『人通りの少ない道は危ないから、大通りから帰るんだよ』
　心配して、わざわざ連絡くれたのかな……？

「ふふっ、うん！」
　嬉しい……えへへ。
「京ちゃん、明日は学校来る……？」
　会いたくてたまらなくなって、思わずそんな言葉が口からこぼれていた。
　2日続けて休むようなことはなかったから、きっと来てくれるだろうけど……はっきりと、来るって言ってほしい。
『どうしたの？　俺がいなくて寂しかった？』
「うん……とっても」
　くすりと微笑みを交えた京ちゃんのセリフに、こくりと頷く。
　少しの間返事がなくて、電話が切れたのかな？と心配になった。
『…………明日は絶対に行くよ。朝、ちゃんと迎えに行くから』
　長い沈黙のあと、返ってきた言葉。
「ふふっ、やったぁ」
　嬉しくって、子供みたいに喜んでしまう。
　そしてふと、あることに気づいた。
「京ちゃん今忙しいでしょう？　電話してて平気……？」
　電話をかけてきてくれたのは嬉しいけど、そろそろ切ったほうがいいかもしれない。
　京ちゃんの、邪魔にはなりたくない……。
『気を使ってくれてありがとう、乃々は優しいね』
「そ、そんなことないよ」

『……はぁ、今すぐ乃々に会いたい』
　さらりと吐かれた言葉に、心臓がどきりと飛び跳ねた。
　京ちゃんは何気なく言っているんだろうけど……心臓に悪いなぁ……。
　いちいちドキドキしてしまう自分が、単純すぎて情けなくなる……。
「明日、会えるよ……」
『……うん。そうだね』
　京ちゃんの声が、どこか寂しそうに聞こえた。
　……なんて、きっと気のせい。
　私に会えないだけで、京ちゃんが寂しがるはずない。
「また明日……バイバイ京ちゃん」
『バイバイ乃々。気をつけて帰ってね』
　名残惜しくも、通話を切る。
　はぁ……声が聞けて嬉しかったけど、もっと寂しくなっちゃった……。
　今日は家に帰って宿題を終わらせて、お風呂に入って早く寝よう。
　そう考えて、スマホをポケットにしまった。

「誰と会ってたの？」＊side京壱

　昨日は苦痛だった。
　父親の会社の取引先との顔合わせや、その後の食事会もだけど、一番の理由は、乃々に会えなかったからだ。
　休日は会えなくても仕方がない。
　学校がないし、会う口実がない限りは我慢するしかないと割りきれる。
　でも……俺の平日を潰すのは、父親でも許せない。
　朝は乃々を起こして一緒に登校して、授業中はクソつまらない教師の話をBGMに乃々を眺めて、昼は視聴覚室で２人きりで食べて、放課後は一緒に帰って……。
　俺にとって、平日は終始至福の時間。
　だから父親の会社関係の予定や会食も、できるだけ休日にしてくれと言っているのに……たまに予定を入れられてしまう。
　せめて声だけでも聞きたいと放課後に電話をしたけど、逆効果だった。
　俺に会えなくて寂しいなんて可愛すぎることを言われて、その場で会食を抜け出そうとしたくらいだ。
　我慢した俺を褒めてほしい。
　そんな、乃々に会えない無意味な昨日を終えた俺は今、乃々の部屋の前にいる。
　いつもはノックをするけど、その余裕もなかった。

部屋の扉を開けると、いつものようにスヤスヤと気持ちよさそうに眠る乃々の姿。
　あー……可愛い。
　天使のような……いや、乃々は天使よりも可愛いに決まっているけど、これはもののたとえ。いくら眺めていたって飽きない寝顔を、近くでそっと見つめる。
　ほんと、最高に可愛い。
　乃々を見ているとたまに、"こんなに可愛い生きものが世界に存在していいのか"と疑問に思ってしまうくらいだ。
　今日は起こす前に、もう少しこの寝顔を見つめていたい。
　いつもより早く来たし、まだ平気だろう。
「ん……」
　寝息の合間に漏れる声に、どきりとする。
　か、っわいい……。
　ずっと見ていたって飽きないだろうその姿。
　幸福な気分で眺めていた俺だったけれど、その時間は長くは続かなかった。
　再び声を漏らして、少し寝返りをうった乃々。
　うっすら開いたその唇から、
「……しんか、せん……い……」
　暗号のような言葉が漏れた。
　しんか……せんい？
　なんのことだ……？
　意味がわからなかったけど、やけにその言葉が引っかかった。

夢でも見ているんだろうかと思ったとき、ふと時間が気になって腕時計を見る。
　……あぁ、もうこんな時間か。
　乃々が支度する時間配分を考えると、そろそろ起こさなきゃいけない時刻。
　俺はゆっくりと手を伸ばし、乃々の頭を撫でる。
「乃々、起きて」
　乃々にしかかけないような甘ったるい声で囁くと、いつもは駄々をこねるのに、ゆっくりと開いた大きな瞳。
　……あれ？　起きた……。
　朝に弱い乃々が、一度の呼びかけで起きるなんて珍しい。
「おはよう、乃々」
　笑顔でそう言うと、乃々は俺を見てふにゃりと笑った。
「んー……あ……きょおちゃ……」
　寝起きの笑顔はとんでもない威力だと、改めて思い知らされる。
　俺がそんなことを考えているだなんて、きっとほんのちょっとも気づいていないだろう乃々は、あろうことか突然、俺に抱きついてきた。
　……っ!?
　突然のことに驚きすぎて、声も出ない。
「ふふっ、きょおちゃん、だぁっ……」
　乃々は嬉しそうにそう言って、頬を擦り寄せてきた。
　待て、待ってくれ。
　なんだ、これ……。

だいたい乃々はどれだけ起こしても起きなくて、俺が抱きかかえて洗面室まで連れていったところで、やっと目を覚まして……そういう流れの、はずなのに。
「の、の……どうしたの？」
　嬉しそうに俺に抱きついている乃々に、そう問いかける。
　ヤバい……心臓が、バカみたいに騒いでいる。
　そんな抱きつかれたら……乃々に、聞こえてしまいそうなんだけど……。
「えへへっ……昨日は京ちゃんと会えなかったから……本物だぁってっ」
　……何、朝から可愛いこと言ってるの……。
　乃々も、俺に会いたいと思ってくれてた……？
　そんなそぶり少しも見せてなかったし、俺がいなくてもいつも平気みたいだから、考えてもいなかった。
　あーもう……可愛すぎてどうしよう……。
　このまま学校に行かずに、連れ去りたい。
　誰にも邪魔されない、２人きりの場所に。
　そっと抱きしめ返して、乃々の身体を起こす。
　華奢な肩に顔を埋めて、昨日会えなかった分、目一杯(いっぱい)乃々を充電(じゅうでん)した。

　１週間が経ち、俺は至って平和で何事もない日々を送っていた。
　やっぱり、平日が一番好きだと改めて思う。
　乃々のそばにいられることが生き甲斐(がい)な俺にとって、何

よりも幸せな時間だと感じた。
　……が、邪魔が入る。

　昼休みになって、いつものように乃々と視聴覚室でご飯を食べ終えた。
　普段なら、このあと２人でゆっくり、残りの休み時間を過ごすけど……。
「京ちゃん、そろそろ行かなくて平気？」
　時計を見て、乃々が首を傾げた。
　……。
　俺はバレないよう肩を落とす。
「……うん、そうだね。行ってくるよ」
　昼休みの後半、委員会議が入っていたのだ。
　本当に……面倒極まりない。
　この学校では成績順でクラス委員が選出されるため、自動的に役割を押し付けられていた。
　こんなもの、立候補かクジ引きで決めればいいのに……と、文句を言いたくなる。
　お弁当を片付けた乃々の頭を、優しく撫でた。
「先に教室に戻ってて。平気？」
「うん、平気だよ！」
　笑顔で頷く乃々に、さらに気が重くなった。
　１人で教室に返して、大丈夫かな……。
「乃々、やっぱり教室まで送っていくよ」
「もうっ、平気だよ京ちゃんっ。それに、会議室と教室は

真逆だし、遅刻しちゃうよ?」
 そう言って首をかしげる乃々の姿に、余計心配になった。
 俺が牽制しているから、一応この学園内で乃々に声をかけるようなバカな男はいないと思うけど、万が一変なヤツに絡(から)まれたら……。
 あー……このままサボって、乃々といたい。
 でも……サボるような男だと乃々に思われたくないし、とにかく一刻も早く、委員会議を終わらせよう。
「ごめんね。終わったら俺も、すぐに教室に戻るから」
 2人で視聴覚室を出て、別の方向に歩き出す。
「行ってらっしゃい、京ちゃんっ」
 笑顔で手を振る乃々を脳裏に焼き付けて、急いで会議室に向かった。
 会議が始まったはいいものの、進行の遅い3年のせいで、随分(ずいぶん)と長引いた。
 スムーズにいけば15分もかからないような内容だったのに、5限が始まるギリギリになってしまった。
 急いで乃々のもとへ戻ろうと、教室へ向かう。
 教室に着いた途端(とたん)、自分の隣の席があいていることに気づいて、胸が騒(ざわ)ついた。
 ……乃々?
 ……どうしていないんだ?
 乃々の机に、ランチバッグが掛(か)かっていない。
 それはつまり、まだ教室に帰ってきていないことを意味していた。

おかしい。視聴覚室で別れてから、30分が経っている。
　視聴覚室から教室までは、3分もあれば着く距離だ。
　……もしかして、帰ってくる途中で何か良くないことがあったのか……？
　乃々に何かあったらと考えるだけで、ゾッとした。
　心配になって、探しに行こうとしたときだった。
「……あっ、京ちゃん！」
　……っ、乃々。
　廊下の奥から走ってくる乃々の姿に、ホッと胸を撫でおろす。
「はぁっ……よかった……間に合った……」
　走ってきたのか、息をきらしている乃々。
　ひとまず2人で教室に入り、お互いの席に座った。
「乃々、どこに行ってたの？」
　気になっていた質問をぶつけると、乃々は嬉しそうな表情をしたあと、なぜか言いにくそうに口を閉ざした。
　……なんだ、この反応……。
「あ……あのね、秘密の場所を教えてもらったの」
「秘密の場所？」
　もう、嫌な予感しかしなかった。
「えっと……秘密だから、他の人には言っちゃいけないって……」
　乃々に、秘密を共有するほど親しい人間がいるという事実に、内心驚くと同時に頭がどうにかなりそうだった。
「じゃあ、質問を変えるよ」

なんとか平静を装って、"優しい京ちゃん"を演じ続ける。
「誰と会ってたの？」
　乃々は俺の質問に、笑顔で答えた。
「新川先輩っていう人っ」
　……新川、先輩？
　朝の光景が、フラッシュバックする。
『……しんか、せん……い……』
　——ああ、だから……。
　だからあんなにもあの言葉が、引っかかったのか。
　嫌な予感の原因はこれかと、俺の中に残っていた冷静な自分が呟く。
　乃々の頭の中に、今俺以外のヤツがいると思うだけで、はらわたが煮えくり返るようだった。
　問題はここからだ。
　その相手が、どんなヤツか。
　女か……それとも男か。
「その人のフルネームは？」
「えっと……確か、新川、和己……だったと思う」
　かずみ？　……女？
　少しだけ、安堵してしまいそうな自分がいた。
　けれどそれは一瞬で、
「女の人？」
「ううん、男の人だよっ」
　すぐに、俺の中に渦巻いた真っ黒い感情。
「…………男？」

01＊大好きな幼なじみ。

　顔も知らない相手の男を、殺したくなった。
　俺以外の男が乃々のそばにいたという事実に、爪が掌に食い込むほどきつく手を握りしめた。
　乃々が俺以外の……しかも、男の名前を寝言で呼ぶなんて……。
　乃々は、そいつの夢を見ていたのか？
　夢に見るほど……親しい関係なのか？
　ああダメだ、怒りで笑顔が保てない。
　新川和己……どこの馬の骨だ、俺の乃々に気安く近づくだなんて……。
　嫉妬で、頭がどうにかなりそうだ。
「……ねぇ乃々、俺、前からずーっと言ってるよね？　男はみんな危なくて怖い生きものだから、近づいちゃダメだって」
　もうずっと。ずっと前から、言い聞かせていた。
　乃々が他の男にむやみに近づかないように、他の男を見ないように。
　乃々の中に、俺以外のヤツが棲みつかないように。
「あ……あのね、新川先輩はすごく優しい人なの……！　怖く、ないよ……？」
　乃々の口から俺以外の男の名前が出たことと、その男を庇ったことに、歯をギリッと食いしばる。
「そんなの、会ってすぐじゃわからないでしょ？　それに……いつ知り合ったの？」
　誰も近づかせないように、周りを牽制して、常に気を配っ

てきたつもりだったのに。
　いったいいつ……その男は俺の目を盗んで、乃々に近づいた……？
「えっと……先週。京ちゃんがお休みした日に……」
　乃々の言葉に、心当たりは1つしかなかった。
　……月曜日か。
　あぁ……だから嫌だったんだ、学校を休むのは。
　あの日、父親に呼び出されて、学校を欠席した自分を殴り倒したくなった。
　これからは、俺が欠席するときは乃々も休ませよう。
　乃々の両親からは信頼を得ているから、休ませる理由なんてどうとでもできる。
　それより、やはり乃々を校内で1人きりにするなんて危険すぎて無理だ。
　今回、改めて学んだ。
　小さく深呼吸をして、なんとか怒りを抑え平静を保つ。
　そして無理やり笑顔を作って、乃々に言った。
「……じゃあ、今度会うときは俺も一緒に連れていって。乃々によくしてくれている人に、ちゃんと挨拶したいから」
　もう会うなと言うのはダメだ。乃々のしたいことを否定したら、乃々が悲しむ。
　悲しませたいわけじゃない。
　ただ……俺以外の男を、見てほしくないだけ。
　こうやって約束すれば、乃々はいい子だから逆らったりしない。

とにかく、2人きりで会うのだけは許せなかった。
　もちろん帰ったらそいつのことを調べて、もう会わせないようにするつもりだけど。
「うん……！　京ちゃんありがとう……！」
　乃々の愛らしい笑顔が、今は少し憎らしかった。
　可愛い可愛い乃々。
　俺以外を見るなんて、許さないからね。
　乃々はずっと、ずーっと……俺のそばで、俺だけの愛を受けていればいいんだ。
　一生死ぬまで、俺が目一杯愛してあげるから。

02＊王子様の秘密

「……乃々、そいつから離れて」

　最近、京ちゃんの様子が変だ。
　放課後になり、帰る支度を始める。
　ちらりと、横目で京ちゃんのほうを見た。
「きょ、京ちゃん」
「……ん？」
　名前を呼ぶと、私のほうを見ることなく短い返事をする京ちゃん。
　絶対におかしい……そう、確信せずにはいられなかった。
「ううん……な、なんでもない」
　そう誤魔化して、再び帰る支度をする。
　最近の京ちゃんは……なんていうか、機嫌がよくない。
　というより、なんだか怒っているみたいに見える。
　いつもの京ちゃんなら、私が名前を呼んだらどんなときでもこっちを見て、笑顔で「どうしたの？」って聞いてくれる。
　それなのに……。
　原因がわからなくて、私は下唇をきゅっと噛んだ。
　私……何か、京ちゃんの気に障るようなこと、しちゃったのかな……？
　京ちゃんがどこか冷たい……それがとても悲しかった。
　帰る支度をすませて立ち上がろうとしたとき、ふと２階の教室の窓から、体育館につながる渡り廊下を歩く見知っ

た人の姿が見えた。
「あっ」
　新川先輩だっ……。
「乃々?　どうしたの?」
「今、新川先輩が……」
　そういえば最近、新川先輩に会えていない。
　会いに行ってもいい?って聞いても、京ちゃんに忙しいから今はダメって断られ続けていた。
　京ちゃんも新川先輩に会いたいみたいで、会うときは一緒に行くって約束したから……。
「……また新川先輩?　乃々はその先輩が大好きなんだね」
　気のせいか、京ちゃんの声のトーンが下がった気がした。
「えっと、う、うんっ。いい人だよ……?」
「へぇ……そっか。こんな離れたところからでもわかるなんて、すごいね」
　まるで嫌味を含んだようなその言い方に、びくりと肩が震える。
「京ちゃん、な、何か怒ってる……?」
「何かって、どうして?」
「な、なんだか、そんなふうに見えて……」
　怖い、と思ってしまった。
「そうかな?　別に怒ってないよ。それとも、何か心当たりでもあるの?」
　棘がある口調に、スカートの裾をぎゅっと握る。
　嫌だ。優しい京ちゃんに……戻ってほしい。

私が何かしちゃったなら、謝るからっ……。
　理由はわからないけど、とにかく謝ろうと思ったときだった。
「あ、あの……椎名くん!!」
　背後から京ちゃんを呼ぶ声が響く。
　え……？
　驚いて声が聞こえたほうを見ると、そこには同じクラスの女の子が立っていた。
「あの……ちょっといいかな？　クラス委員のことで話があって……」
　京ちゃんを見ながら、そう言う女の子。
　あ……クラス委員の女の子か……。
「うん、大丈夫だよ」
　京ちゃんは優しくそう返事をして、立ち上がる。
「……呼ばれたから行ってくるね。乃々は教室で待ってて」
　あ……。
「う、うんっ……」
　謝るタイミングを逃してしまった私は、そう返事をして、教室を出て行く２人の姿を見送るしかなかった。
　……行っちゃった……。
　放課後にまで集まらないといけないなんて、委員さんは大変だな……。
　ふぅ……と息を吐いて、自分の席に座る。
　教室で待っててって言われたから……おとなしく待っていよう。

帰ってきたら、ちゃんと謝らなきゃ……。
でも本当に、私は何をしちゃったんだろう……。
考えれば考えるほどわからなくなって、そんな自分が嫌になる。
ぼぉっと窓の外を眺めても、なんの解決にもならない。
暇、だなぁ……。京ちゃん、いつ戻ってくるかな？
最近お家のお仕事関係も忙しそうだから、ちゃんと休みが取れているか、心配……。
……あっ！
そうだっ……コーヒー買いに行こう……！
京ちゃんは、コーヒーを好んで飲んでいる。
私が飲めない苦いものを飲んで、いつも美味しいと言っている。
最近怒っているように見えるのも、もしかしたら家のことと学校の両立で疲れているせいかもしれないし……。
戻ってきてコーヒーがあったら、喜んでくれるかもしれない！
考えついたらいても立ってもいられず、私は財布を持って教室を出た。
"教室で待っている"と、京ちゃんと約束したことをすっかり忘れて……。

１階にある自動販売機について、コーヒーを探す。
「えっと……京ちゃんはブラック派だから、この黒いのかな……？」

無糖と書いてある黒い缶を見つけてお金を入れたとき、ふとあることに気づいた。
　そういえば……京ちゃんが缶のコーヒーを飲んでいるところ、見たことないや……。いつもはカフェのテイクアウトのコーヒーを飲んでいたから……。
「もしかしたら、缶コーヒーは飲まないかもしれない……」
　私はコーヒーを飲まないから味なんてわからないけど、もし好き嫌いがあったらどうしよう……。
　ボタンに手を添えて、悩んでいたときだった。
「あれ、乃々ちゃん？」
　背後から名前を呼ばれて、びくりと肩が震える。
　あっ……。
　驚いて、ボタン押しちゃった……。
　ガコンッという音をたてながら、自動販売機から缶コーヒーが出てきた。
　私はそれを取る前に、振り返って声の主を確認した。
「新川先輩っ……！」
　そこにいたのは、笑顔で私に手を振る新川先輩。
　私はすぐに缶コーヒーを取って、先輩にお辞儀をした。
「お久しぶりですっ……！」
「うん、最近来てくれなかったから、寂しかったよ」
　少し寂しそうな表情を見せた新川先輩に、罪悪感が募る。
「あ……ごめんなさい」
「うそうそ。いや、嘘ではないけど、謝らないで」
　笑顔でポンッと頭を撫でてくれた新川先輩に、嬉しく

なって頬を緩めた。
　相変わらず……って、まだ少ししか話したことはないけど、新川先輩は優しいなぁ……。
　重たかった気持ちが、新川先輩のおかげで軽くなる。
「……あれ？　乃々ちゃん、缶コーヒーなんて飲むの？　しかもブラック。意外だね」
　私が持っている缶コーヒーを見て驚いた表情を浮かべた新川先輩に、首を振った。
「あ……違うんです。これは京ちゃんに……」
「あー、なるほどね」
「なんだか、最近疲れてるみたいで……っていうより、やっぱり私に怒ってるのかな……」
　自然と、そんな言葉を口にしていた。
　喜んでもらえると思ってコーヒーなんて買ったけど……もし苦手なやつだったらどうしよう……。
　ますます、怒られちゃうかもしれない……。
　京ちゃん、今まで怒ったことなんて、一度もなかったのになぁ……。
　そう思うと、胸がきゅっと締め付けられた。
「え？　怒ってる？　幼なじみくんが？」
「はい……気のせいかもしれないんですけど……」
　ううん、気のせいじゃない……。
「私、何かしちゃったのかな……」
　手に持っている缶コーヒーを、きゅっと握りしめた。
「……ふふっ、わかりやすい男だね」

「……え？」
　わかりやすい男……？
「ううん、なんでもないよ。今から教室戻るの？」
「はいっ」
「それじゃあ教室まで送っていくよ。行こ？」
　笑顔でそう言ってくれる新川先輩に、断る理由もなく頷いた。
　隣に並んで、教室までの道を歩く。
「……あれ？」
　他愛もない話をしながら教室までの道を歩いていると、新川先輩が突然歩く足を止めた。
「どうしたんですか……？」
　不思議に思い首を傾げると、人差し指を私の口の前に持ってきた新川先輩。
「しっ。……あれって、幼なじみくんだよね？」
　……え？
　通り過ぎようとしていた教室の中を指さす新川先輩に、私も視線を移す。
　そこには、クラス委員の女の子と話している、京ちゃんの姿が見えた。
「あっ……ほんとだっ……」
　どうして、こんなところで話しているんだろう？
　こんな、誰もいない空き教室で……。
「わかった、先生には僕から言っておくよ」
　教室の中から、京ちゃんの声が聞こえてきた。

私は新川先輩に促されるまま、とっさに教室のドアに隠れる。
　……って、なんだか、盗み聞きしているみたい……。
「う、うん……ありがとう椎名くん！」
「それじゃあ、教室に戻るね」
　京ちゃんが立ち上がったのが見えた。
　それと、ほとんど同時に、
「……あ、あの！」
　クラス委員の女の子も、立ち上がった。
　なぜか言いにくそうに視線を下げ、遠くからでもわかるほど顔を赤らめている委員の女の子。
「……好きっ！　……です」
　──え？
　辺りに響いた、女の子の声。
　私は驚いて、目を見開いた。
　これって……告、白？
　……な、なんだかすごいところ、見ちゃった……。
　人の告白を盗み聞きするなんて、さらに罪悪感が募っていく。
　でもそれ以上に、胸がざわざわして、京ちゃんの返事が気になった。
「椎名くんのこと……ずっと好き、でした……」
　あらためてそう言ったクラス委員の女の子に、まっすぐ向き合った京ちゃん。
「ありがとう。嬉しいよ。でもごめんね、君の気持ちには

応えられない」
　その返事に、ホッとしてしまった性格の悪い自分が嫌だと思った。
　振ったことに安心するなんて、最低だ私……。
　いくら私が京ちゃんのことを好きだからって……。
　それに……明日は我が身かもしれないのに。
「えっと……その、理由を聞いても……」
「好きな人がいるんだ。その人以外の女性は、考えられない」
「……っ」
　京ちゃんの言葉に、息を呑んだ。
　今、"好きな人"って、言った……？
「うわー、すごい場面に遭遇(そうぐう)しちゃったね。……って、乃々ちゃん？」
　小声で、新川先輩が何か言っている。
　けれど、言葉が入ってこない。
　頭の中がぐちゃぐちゃで、胸は締め付けられているように痛くて、潰れてしまいそうだった。
　もう１秒もこの場にいたくなくて、スッと立ち上がる。
「え、乃々ちゃ……」
　新川先輩の声を無視して、逃げるように走り出した。
　走って走って、行き先もわからずに走った。
　とにかくあの場にいたくなくて、早く１人になりたくて……。
　それなのに、走り出して１分も経たずに、がしりと腕を摑(つか)まれて足を止められた。

「……っ」
「捕まえた」
　すでに息が上がっている私とは反対に、少しも呼吸を乱さず、にっこりと笑っている新川先輩。
　先輩は私の腕を掴んだまま、顔を覗(のぞ)き込んできた。
「泣いてるの？」
　きっと今、私の顔はぐちゃぐちゃだ。
　心配そうに見つめてくる新川先輩に悟(さと)られたくなくて、手で顔を隠す。
　それでも、気持ちとは裏腹に心の声が溢(あふ)れ出す。
「きょ、ちゃん……好きな人、いるって……」
「……え？」
「私、知らなかっ……っぅ」
　……いつから、だろう。
　そうだよね、好きな人がいるなんて、当たり前のことなのに……。
　どうして、気づかなかったんだろう。
　京ちゃんの好きな人って、誰……？
　クラスの女の子？　お父さんの会社関係の人……？
　"失恋(しつれん)"という言葉が、私の心に重くのしかかる。
　覚悟はしていたはずなのに、受け入れることができなかった。
　だって、そんな……。
　今まで好きな人がいるようなそぶり、見せなかった……のに。

「……乃々ちゃん、ほんとに何もわかってないんだね」
　……え？
　新川先輩が、私を見つめながら微笑んだ。
　どうして笑うのかわからなくて、言葉に詰まった私の腕を、先輩がもう一度ガシリと掴む。
「こっちおいで」
　そう言って、先輩は私をすぐ近くの空き教室へと引っ張っていき、ドアを閉めた。
「乃々ちゃんの泣き顔、かわいそうで見てられないや」
　――え？
　先輩の言った言葉の意味を考えるより先に、新川先輩のほうへと、引き寄せられる私の身体。
「……せんぱ……っ」
　次の瞬間、私は新川先輩に抱きしめられていた。
　ますます意味がわからなくて、もう頭の中は混乱状態。
　どうして、抱きしめられて……っ。
　驚きのあまり抵抗(ていこう)することも忘れていると、先輩は抱きしめたまま、ポンッと優しく私の頭を撫でた。
「よしよし、泣かないで。泣き止むまで、俺が慰(なぐさ)めてあげる」
　そのセリフで、新川先輩が私を慰めようとしてくれているのだとわかった。
　先輩の優しさに、涙は止まるどころか、勢いを増す。
「……ふ、ぅっ……ぅぁっ……」
　私は新川先輩の胸に顔を押し付けて、小さな子供のように泣きじゃくった。

さっきの京ちゃんのセリフが、何度も脳裏を過る。
『好きな子がいるんだ』
　京ちゃんの、好きな女の子……。
　その相手が羨ましくて、心臓が潰れそうなほど痛かった。
　京ちゃんは、その子と……いつか、恋人に、なったりするのかな……？
　かっこよくてなんでもできる京ちゃんだから、告白したら、相手の子も喜んで受け入れるよね……。
　もし、そうなったら……私は？
　もう、今までみたいに……京ちゃんのそばにいられなくなっちゃうっ……。
　だって、私はただの幼なじみだもの。
　好きな人に、勝てるわけがないっ……。
　きっと京ちゃんは、これからその子と行動をともにするようになって、私といてくれる時間はどんどん減っていっちゃう……。
『乃々』
　あの優しい声で、その子の名前を呼ぶんだ。
　もう、京ちゃんの声も、瞳も、その優しさは全部……恋人に向けられるようになるのかもしれない。
　ぎゅっ……と、私からしがみつくように、新川先輩の服を握った。
　それに応えるように、先輩は私の背中に手を添えて、あやすように摩ってくれる。
　まるで、"甘えてもいい"と言われているような安心感

に包まれて、さらに強く、しがみつこうとしたときだった。
　——ガラガラ。
　教室の扉が開く音がしたかと思えば……。
「……何してるの？」
　感情の読めない、大好きな人の聞いたことのないような低い声が響いたのは——。
「……えっ……？」
　京……ちゃん？
　声のするほうに顔を向けると、そこには、真顔だけど、"怒っている"ということが容易にわかるような表情をしている京ちゃんがいた。
　どうして、ここに……？
「あーあ……バレちゃった」
　抱きしめられている腕に、力が入ったのがわかった。
　新川先輩は残念そうにそう言って、「はぁ……」とため息を吐く。
　一方京ちゃんは、それにピクリと眉をひそめて、怪訝そうな表情をして口を開く。
「……乃々、そいつから離れて」
　その言葉はいつもの優しいものではなく、命令するような言い方だった。
　それが少し怖くて、従うべきだとわかっているのに判断力を鈍らせる。
「京、ちゃ……」
「早く。こっちにおいで」

「……っ」
　痺れをきらしたような声に、今度こそ身体が動かなくなった。
　京ちゃん、どうして怒っているの……？
「俺の言うことが聞けない？　……教室で待っててって言ったのに」
　あっ……。
　さっきのことがあって、京ちゃんとの約束を忘れていた。
　そっか、だから怒って……。
「それとも、その男が乃々のこと誑かしたの？」
　京ちゃんの言葉に、私は慌てて首を左右に振った。
「ち、違うよっ……！　新川先輩は、私のことっ……」
　慰めてくれたの、と言おうとしてやめた。
　ダメだ……私がどうして泣いていたのか、京ちゃんにバレちゃう。
　告白しているところを見てしまったなんて……ましてや、京ちゃんに好きな人がいると聞いてしまったなんて、絶対に言えない。
「……あ、あの……勝手に教室から出ちゃって、ごめんなさい……」
　とにかくまずは謝ろうと思って、そう口にする。
「……謝らなくていいから、早くそいつから離れて」
　京ちゃんは、いったい何が気に入らないのか。
　なぜか一刻も早く、新川先輩と私を引き離したいらしく、鋭い目で先輩を睨んでいる。

これ以上、京ちゃんのこと怒らせたくないから……言うこと聞いたほうが、いいのかな？
　ちらりと、新川先輩を見上げる。
　先輩はすぐに私の考えを察してくれたらしく、にっこりと微笑んでくれた。
「幼なじみくんは気に入らないけど、仕方ないから離してあげる。乃々ちゃんもう大丈夫？　平気？」
　私が泣きじゃくっていたことを心配してくれた新川先輩の優しさに、心が温かくなった。
「は、はい……」
「ん、また何かあれば、いつでもおいで。待ってるから」
　新川先輩……。
　優しくポンッと頭を撫でられて、自然と頬が緩んだ。
「……おい、いい加減にしろ。その顔めちゃくちゃにされたいのか？」
　……え？
「きゃっ……！」
　荒(あら)っぽい足音が聞こえたと思ったら、次の瞬間、強く後ろに手を引かれた。
　バランスを崩し転倒(てんとう)しそうになったけど、京ちゃんが抱きしめるような形で支えてくれる。
　抱きしめる手の強さに、少しだけ顔を歪(ゆが)めた。
　京ちゃん……本当にどうしたの……？
　優しい京ちゃんの面影(おもかげ)すら、今は見えなかった。
「そんな強引にしたら、乃々ちゃんがかわいそうだろ？」

心配してそう言ってくれた新川先輩を、まるで汚いものを見るような目で見る京ちゃん。
「……俺と乃々のことに、部外者が口出しする権利はない」
「別に部外者ではないと思うけど、俺」
「……それは、どういう意味で言ってるんだ？」
　今にも掴み掛かりそうな勢いに、慌てて止めに入った。
「……きょ、京ちゃん、やめて……！　新川先輩は何も悪くないから……！」
　本当に、慰めてくれただけで……。
「……乃々はいつも、そいつを庇うね」
　京ちゃんの声色が変わった。
　それはさっきまでの、威圧感のあるものではなく、哀しみを含んでいるように聞こえた。
「もういいよ。そいつのそばにいたいならいればいい。乃々に必要なのは俺じゃなくて、そいつってことでしょ？」
「……え？」
　まるで見放すような言い方に、心臓がズキリと痛んだ。
「バイバイ。俺はもう帰るから」
　そう言って、私から手を離して、背を向けた京ちゃん。
「っ、待って京ちゃ……！」
　置いていかないで……と言う前に、京ちゃんは教室を出て行ってしまった。
　……結局、何もわからなかった。
　京ちゃんが怒っている理由……。
　わからないから、愛想尽かされちゃったんだ……。

「……すごい子供っぽい。ひどい幼なじみだね」
　私に気を使って、そう言ってくれる新川先輩。
　でも、私はその言葉に何も返事ができなかった。
　悲しくて悲しくて、涙を堪えるのに必死だった。
　どうして私は、こんなにも京ちゃんのことがわからないんだろう……。
　優しい京ちゃんがここまで怒るなんて、よっぽど腹を立てさせるようなことをしてしまったんだ。
　教室で待っててって……言われたのに、約束、破っちゃったからっ……。
　……そういえば。
　ポケットに入れていたコーヒーに、手を伸ばす。
　温かいものを買ったのに、それはすっかり冷たくなっていた。
　まるで京ちゃんの私への気持ちを表しているようで、そう思った瞬間、堪えていた涙が溢れて視界が歪む。
　どうし、ようっ……。
「京ちゃんに……嫌われちゃった……っ」
『もういいよ。そいつのそばにいたいならいればいい』
　あんな突き放す言い方をされたのは、生まれて初めてだった。
　その場に、崩れるようにしゃがみ込んだ。
「どう、し……よう……」
　目の前が真っ暗になるっていう言葉を、自分が理解する日が来るなんて思わなかった。

「あーあ……泣かないで……あんな勝手な男、放っておきなよ」
　私の隣に屈んで、頭を撫でてくれる新川先輩。
「私……京ちゃんに嫌われたら、生きて、けないっ……」
　ずっと一緒にいてくれた。
　このままずっと一緒にいられるとは思っていなかったし、いつかは京ちゃんにお嫁さんができて、バイバイしなきゃいけない日が来ると思っていたけど……。
　こんなに早く訪れるなんて、思ってなかったんだ。
「ほんと、大好きなんだね、あいつが」
　新川先輩の言葉に、こくこくと頷いた。
「だい、好きっ……もう、どうしていいか……わかん、な……い」
　優しい優しい大好きな京ちゃん。
「助言するのも嫌だけど……。謝れば許してくれるよ、きっと。……ま、乃々ちゃんに非はないと思うけどね」
「で、も……っ」
「大丈夫大丈夫。拗ねてるだけだよ、あれは」
「ほんと、に……？」
　少しだけ希望が見えた気がして、顔を上げる。
　見上げるように新川先輩を見つめると、先輩の喉がごくりと息を呑んだように動く。
「……その顔はずるいよ」
「え……？」
「ううん。ほら、泣かないで……今日は俺と一緒に帰ろうよ。

一緒に、謝る言葉考えよう？」
　親指で私の涙を拭って、ふわりと微笑む新川先輩。
　割れ物を扱うような触れ方も、優しい口調も、全部が心に染みて、不安が少しずつ取り除かれていくみたいだった。
「しんかわ、せんぱいっ……」
　感謝してもしきれない。
　返事をする代わりに、頬に添えられた新川先輩の手に自分の手をそっと重ねた。
　また、頭上からごくりと息を呑む音がする。
「あー……このまま奪っちゃダメかなぁ……」
　新川先輩が何か呟いた気がしたけど、私の耳には届かなかった。
　今はただ、新川先輩への感謝と……。
　京ちゃんが、どうか許してくれますように、と、心の中で繰り返していた。

「他の男になんて渡さない」＊side京壱

　あぁ鬱陶しい。不愉快極まりない。できることならヤツを殺したい。

　教室に乃々を残して、帰宅した。

　自室に入って、脱いだブレザーを投げ捨てる。

　新川、和己……。

　乃々からその名前を聞いて、すぐに調べた。

　3年の生徒会長。定期試験は常に首席だが、素行は不芳で、サボりぐせがあるらしい。

　なぜそれが許されているかというと、あいつの親に理由があった。

　新川和己の父親は国会議員で、外交官。しかも特派大使ときた。

　日本国政府を代表して、外国における重要な任務を行う、言わば高位の外交官。

　財力、地位においては椎名グループの足元にも及ばないが、国会議員となると厄介だ。

　学園に多額の寄付をしていて、教師たちからも一目置かれているらしい。

　乃々に近づいたという重罪で、退学にでも追い込もうと思ったが、そうするには時間がかかる。

　しかも、それを待つよりもヤツが卒業するほうが早いだろう。

だから——乃々に近づかないように、予防線を撒き散らしてきた。
　……はずだったのに。
　さっき、教室で抱き合っていた２人の姿を思い出し、食い込んで血がにじむほど拳を強く握った。
　噛みしめた唇から、鉄の味が広がる。
　あの男は……絶対に許さない。
　俺の乃々に触れたことを、一生後悔させてやる。
　それに、乃々も……あんな男に気を許して……。
　必死にあの男を庇っている乃々の姿が脳裏を過って、嫉妬で頭がおかしくなりそうだった。
　本当は他の男と２人きりにして置いていくなんてこと、したくはなかったが……少し、わからせたほうがいい。
　無理やり引き剥がすんじゃなく、乃々の意思で俺を選んで貰わないと意味がないから。
　呆れたふりをして俺が出ていったあと、きっと乃々は泣いているはずだ。
　反省して、謝りに来るだろう。
　あー……早く俺のところに戻っておいで。
　乃々が泣いて謝るなら、どんなことでも許してあげるよ。
　もうあいつに近づかないって……俺だけを見るって約束したら、優しく抱きしめてあげるから。
　１人きりの部屋で、PC画面に映る新川和己の情報を確認しながら、乃々が来るのを待つ。
　今もあの男といるのかと考えたら、嫉妬で気が狂いそう

だった。
　——コン、コン、コン。
　部屋のドアが、3度ノックされる。
「京壱さま、百合園さまがいらっしゃいました」
　使用人の声に、口角を吊り上げた。
　はぁ……やっと来た。
「通して」
　すぐに返事をすると、数分して、再び扉をノックする音が部屋に響く。
「京ちゃん……は、入ってもいい……？」
　乃々の控えめな声が聞こえて、こんなときでも可愛いと思わずにいられない自分に少し呆れる。
　乃々が謝ってくるまで、甘やかすのはダメだ。
　そんなことをしたら、また他の男についていってしまうかもしれない。
　今までは、男のほうに牽制していたけど……他の男と接したら、俺が怒るということをそろそろ乃々にちゃんとわからせないといけない。
「いいよ、入っておいで」
　いつもどおり。でも棘のある言い方をあえて選んだ。
　ゆっくりと、部屋の扉が開けられる。
　俺は乃々に背を向けて、PCを弄り続ける。
「どうしたの？　なんの用？」
「……っ」
　顔を見なくとも、乃々が息を呑んだのがわかった。

優しくない言い方に、怯えさせてしまったかもしれない。
可哀想だけど、これはお仕置きだから。
俺の言うことを聞かなかった、お仕置き。
「あ、あの……ごめんなさ、い……」
少しの沈黙のあと、ようやく乃々が口を開いた。
その声は震えていて、泣くのを我慢しているのだとすぐにわかる。
今すぐに抱き寄せてしまいたい衝動に駆られたが、ぐっと堪えた。
「……何が？」
ちゃんと言わないと、わからないよ乃々。
それに……。
「え、っと……京ちゃんのこと、怒らせちゃって……」
「怒ってなんかないよ？」
「ほ、ほんとに……？」
「うん、がっかりしただけ」
さっきのこと、少し根に持っているから。
俺が教室について2人を見つけたとき、乃々は泣いているようだった。
理由はわからないけど、なんであの男に抱きしめられていたの？
どうして俺じゃなくて、そいつを頼ったの？
「が、がっかり……？」
俺の言葉に、声を震わせる乃々。
「わ、私が、言うこと聞かなかったから……？　勝手に、

教室出てっちゃったから……？」
「そうだね。それもだけど、もう1つ約束破ったでしょ？」
「……え？」
「今度あの先輩と会うときは、俺も一緒に行くって言ったよね？」

　ゆっくりと振り返って、乃々が俺の家に来てから初めてその顔を見た。

　乃々は目に涙を溜めて、じっと俺を見ていた。
「あ、あの、新川先輩とはたまたま会って……そんなつもりじゃなくて……」
「俺、言い訳は聞きたくないよ」

　乃々の目に溜まった涙が、大きな雫(しずく)になって溢れ出した。

　俺に見放されたと思って、ついに泣き出してしまった乃々が可愛くて呼吸が乱れてしまいそうだった。

　ほら、早く。
「ごめん、今は乃々の顔見たくないから、帰ってくれる？」

　泣いて、縋りついておいで。

　あの男とはもう、金輪際(こんりんざい)関わらないって言えば、もう全部許してあげるから。

　もうそいつに会わないって約束したら、優しく抱きしめて、目一杯甘やかしてあげるから。

　早く、乃々の口から、聞き──。

　──プルルルルッ。

　部屋に、着信音が鳴り響く。

　それは、俺のものではなく、乃々のスマホが鳴らしてい

るものだった。
　慌てて画面を見て、すぐにスマホを伏せた乃々。
　まるで隠すようなそのワンアクションに、俺の頭の中で警告音が鳴り響いた。
　乃々は涙をゴシゴシと拭って、下を向いたまま俺に背を向ける。
「……急に来て、ごめん、なさい……バイバイ……京ちゃんっ」
　……は？
　部屋を出ていこうとしているのか、ドアのほうに歩いていく乃々。
「……待って」
　何してるの？
　立ち上がって、乃々のほうへと歩み寄る。
「えっ……？」
　乃々の腕を掴んで、その手にあるスマホを奪った。
　画面には、【新川先輩】の文字。
　……ブツリ、と、俺の中の何かが切れた。
「……あいつと電話もしてるの？」
　優しさのカケラもない声でそう聞くと、乃々がびくりと怯えを見せた。
　でも、もう今は気遣ってやる余裕もない。
　この部屋から出ていって、あの男からの電話に出るつもりだったんだろう。
　そんなことを俺が許すとでも思ったのか？

また……他の男を頼ろうとしているのか？
　　まず、なんであいつと、電話なんかしているんだ……。
「あ……今日、交換（こうかん）して……」
　　恐る恐るそう言った乃々に、頭を抱えたくなった。
「……はぁ……」
　　未だに鳴り響いている着信音。
　　耳障りすぎるその音は、俺の理性を壊（こわ）すには十分だった。
「あー……ははっ……鬱陶しいなぁほんとに……」
　　俺の乃々なのに。
　　乃々はずっと……ずっと前から、俺だけのものなのに。
　　奪おうとするヤツは、全員消してしまおう。
　　だって俺には……乃々しかいない。
　　俺が欲しいのは、乃々だけなんだから。
　　乃々のスマホを操作して、電話に出た。
『もしもし、乃々ちゃん？　どうな——』
「……おい。次この番号にかけてきたら、お前のこと……消してやるからな」
　　電話越しに聞こえた、新川という男の声。
　　それを遮（さえぎ）って、最後の忠告をしてやった。
　　冗談なんて、1ミリも入っていない。
　　ブツリと、一方的に電話を切る。
「……京、ちゃん？」
　　怯えた表情で俺を見る乃々に手を伸ばして、抱き上げた。
「っ、え？　きゃぁっ……！」
　　驚いて抵抗しようとする乃々に構わず、部屋の奥に連れ

て行く。
　ベッドに乃々を、少し乱暴に投げた。
　もちろん痛くはないようにしたし、ケガをさせるつもりもない。その程度の理性は残っていた。
　横になった乃々に、覆いかぶさるようにベッドに乗る。
　押し倒す体勢で、乃々を見おろした。
「ねえ、あの男が好きなの？」
「……え？」
「俺の目を盗んでまでこいつと会いたいんだよね？」
「っ、ちが……」
　違う？　何が？
　全部……事実だろ。
「……なんで」
　どうして……。
　なんで、俺じゃないんだ。
「こんなにも大事にしてきたのに……」
「……え？」
「俺、乃々に好かれるためだけに生きてるんだよ？」
　好かれる努力なら、死ぬほどしてきたつもりだった。
　乃々に好きになってもらいたくて、俺は必死だったんだ。
　勉強も、スポーツも、社交関係も、何１つ手を抜いたことはない。
　全部全部……ただ乃々に好かれたかったから。
「他の男になんか目もくれないように、大事に大事にしてきたのに……なんで俺を見ないの？」

乃々に好かれるだけでいいのに。

　乃々だけでいい。

　他は何もいらない。

　乃々が手に入らないなら……俺には何も残らない。

「乃々が嫌がったって、どうしてもあの男がいいって泣き叫んだって絶対に逃がさない。世界一乃々を愛してるのは俺だっ……!!」

　今まで、"優しい幼なじみ"として、少しずつ恋愛関係を築こうと思っていたのに……もうすべてが台無しだ。

　理性のタガが外れたみたいに、溜めに溜め込んだ気持ちを吐露（とろ）してしまった。

　俺の下にいる乃々も、目を見開いてこっちを見ている。

　告白する言葉も、場所も、何度も考えて決めていたのに、まさかこんな情けない形で伝えることになるなんて思ってもみなかった。

　でも、もう我慢できない。

「他の男になんて渡さない……乃々は俺のものだよ」

　他のヤツに取られそうになっているのに……指を咥（くわ）えたまま見ているなんてできるわけがない。

「京、ちゃん……？　なに言ってるの……？」

　ずっと口を閉ざしていた乃々が、困惑（こんわく）した様子でそう言った。

　ほんとに、どこまでも鈍感だね。

「何って？　わからないの？　俺の愛は、まだ伝わらない？　それとも、わかりたくないだけ……？」

ぐっと、唇を噛みしめた。
　乃々はそんな俺を見て、さらに目を見開いた。
「京ちゃん……私のこと、好き、なの……？」
　ああ、ようやく伝わった。
　返事をせずに、乃々の身体を抱きしめる。
　俺だけの、可愛い乃々。
　今は俺のことを、好きじゃなくてもいいよ。
　ずっと待ったんだ。今更……何年待つのも変わらない。
　だから、俺を見て。
　俺が乃々しか見えてないみたいに。乃々も俺を……。
　それが無理だと言うのなら、このままこの部屋に閉じ込めてしまおうか。
　そう、本気で思った。

「もうずっと前から……俺は乃々しか見えてない」

　驚いて、一瞬わけがわからなかった。
　京ちゃんの部屋で、京ちゃんのベッドの上。
　目の前には、見たこともないような、切羽詰まった表情をしている京ちゃんの姿。
　押し倒される体勢で、見つめ合っている私たち。
「京ちゃん……私のこと、好き、なの……？」
　私の言葉に、京ちゃんはふっ……と、何かを諦めたように笑った。
「そうだよ」
　さっきまでの不安が、嘘のように消えていく。
「もうずっと前から……俺は乃々しか見えてない」
　真っ直ぐに見つめられながら告げられた告白に、ジワリと視界が涙で滲んだ。
「う、そ……」
　信じられない。
　だって、京ちゃんはいつも私のこと、妹みたいに扱っていて……優しかったけど、それが恋愛感情だとは、とても思えなかった。
　でも……京ちゃんが冗談を言っているようには、少しも見えない。
　京ちゃんの好きな人が、私だったなんて……。
　嬉しくて、涙が溢れる。

そんな私を見ながら、京ちゃんは再び口を開いた。
「ねぇ、俺のほうがあんな男より、乃々のこと幸せにできるよ？　乃々が望むものはなんでも買ってあげるし、どんなお願いでも聞いてあげる。俺は乃々しか興味がないから、他の女に目移りする心配もないし、乃々は何もしなくていい。俺のそばにいてくれるだけでいいんだ」
　なんだか、とんでもないことを言われている気がする。
　でも、今は頭にちゃんと入ってこない。
　ただ、嬉しくて……。
「ほ、ほんとに、私のこと好きっ……？」
　もう一度確認しようと、そう聞いた。
　まだ信じられないから、もう１回言ってほしい……。
　じっと、甘えるように見つめた。
　京ちゃんが、困ったように、眉をしかめる。
「……っ、こんなときまで煽らないで」
　煽る……？　なんのこと……？
　首を傾げた私に、京ちゃんははぁ……と、重たくため息を吐いた。
「もう、頭がおかしくなりそうなくらい好き。乃々だけを愛してる……乃々が可愛すぎて、俺……もうどうしようもないんだよ」
　……っ。
　長い長い片想いが、終わりを告げた。
　本当、なんだ……。
　私、京ちゃんに……好きって言ってもいいんだっ……。

「わ、たしも……」
　手を伸ばして、京ちゃんに抱きついた。
　首筋に顔を埋めて、しがみつくように強く抱きしめる。
「好き……好きだよぉっ……」
　今まで必死に隠してきた気持ちを、初めて口にした。
　両想いになれるなんて、考えてもいなかったのに……。
　こんな幸せなことがあるなんて……っ。
「……は？」
　室内に響いた、京ちゃんの声。
　驚きを隠しきれないような声色だったけど、私は構わず、抱きしめる手に力を込める。
「京ちゃんっ……ぎゅってしてっ……」
　いつもみたいに、抱きしめ返してほしい。
　京ちゃんにぎゅってされるの……大好きだから……。
「……待って……何？　どういう、こと？　乃々、俺の話聞いてた……？」
　京ちゃんは頭がよくて、いつも私の拙い話をすぐに理解してくれるのに……。
　酷く動揺している様子の京ちゃんに、もう一度気持ちを伝える。
「だい、好き……きょうちゃ……どうしてぎゅってしてくれないの……？」
　いつもなら、すぐに抱きしめ返してくれるのに……。
　寂しくなって、背中に回した腕を解く。
　ちらりと様子をうかがうように京ちゃんの顔を見ると、

衝撃を受けたような表情をしていた。
「……う、そ、だろ？」
　掠れた声が、私の耳に届く。
　京ちゃん、なんだか口調が変わってない……？
　不思議に思ったとき、京ちゃんは眉間にシワを寄せて、まるでなだめるように言った。
「落ち着いて、乃々。冗談ならすぐに撤回して、今すぐ。俺、本気でヤバい……から」
　冗談……？　撤回……？
　ヤバいって……？
　もしかして……。
「私の好きは……迷惑……？」
　さっきまでの嬉し涙が、不安の涙に変わっていく。
「……っ、違う……！」
　少し声を荒らげた京ちゃんは、相変わらず動揺を隠せない様子だった。
　スッと、伸びてきた京ちゃんの手が、私の頬に重なった。
「迷惑なわけない……！　頭がついていかなくて……。乃々は、本当に俺のことが好きなの？」
　初めて見る、京ちゃんの不安げな瞳。
　……そっか。
　京ちゃんも、信じられないんだ。
　そうだよね、私たち、ずっと幼なじみで……お互い、頑なに気持ちを隠してきたんだもの。
　私の"好き"で、京ちゃんを安心させられるなら……何

度だって伝えたい。
　両手を伸ばして、京ちゃんの頬にそっと触れた。
　透き通るような淡青色(たんせいしょく)の瞳をじっと見つめながら、ゆっくりと伝える。
「うん、好き……大好きっ……京ちゃんが私のこと好きなんて、私も信じられない……」
　私の気持ちがちゃんと伝わりますようにと祈(いの)って、視線を逸らさず見つめた。
　京ちゃんの表情が、驚きから、何かを噛みしめるようなものに変わった。
「……っ、乃々……！」
　喉の奥から振り絞ったような声で名前を呼ばれ、そのまま強く抱きしめられる。
　苦しいくらいの抱擁(ほうよう)が、今は心地よかった。
　ちゃんと伝わったのだと、わかったから。
「……まさか、乃々にそんなこと言ってもらえる日が来ると、思ってなかった……」
　そんなの、私も……っ。
　こんな幸せなことが起きるなんて……神様に感謝だっ。
　京ちゃんの顔が見たくて、抱きしめられている体勢から少し動こうとしたら、ぎゅっと背中に回された手に力がこもった。
「待って、俺の顔見ないでほしい。今、すごく情けない顔してるから……」
　……え？

掠れた声に、驚いて目を見開く。
　もしかして……。
「京ちゃん、泣いてる……？」
　鼻声みたいに、聞こえたけど……。
「ううん、泣いてないよ。……嬉しすぎて、言葉が見つからないだけ」
　感極まったような言い方と、優しく私を抱きしめてくれる手から、京ちゃんの気持ちが伝わってくるみたいで、また泣きそうになった。
　どうして今まで気づかなかったんだろうと思うくらい、京ちゃんの愛をひしひしと感じる。
「乃々……俺の可愛い乃々」
　耳元で囁かれた声に、どきりと大きく心臓が跳ねる。
「大好きだよ、愛してる。一生大切にするから」
　続け様に告げられた言葉に、こくこくと頷いた。
　さっきまで、もう京ちゃんのそばにいられなくなるのかもしれないと泣いていたのに。
　本当に、本当によかった……。
　これからも私は、今までどおり京ちゃんのそばにいていいんだっ……。
「はぁ……夢だったらどうしよう」
　ぼそりと京ちゃんが呟いた言葉は、私も思っていたことだった。
　夢みたいな現実だから、疑ってしまいそうになる。
　でも……。

触れ合っている体温が、現実だと教えてくれる。
　私は京ちゃんの顔を覗き込むように見て、その綺麗な頬を優しく摘んだ。
　不思議そうに私を見返してくる京ちゃんに、微笑む。
「えへへっ……夢じゃないよ……」
　「ね、痛いでしょう？」と首を傾げると、京ちゃんはなぜか「はぁ……」と息を吐いた。
「……かっわいい……」
　え？
「……乃々」
　私が聞き返すよりも先に、口を開いた京ちゃん。
「もう一回、やり直させて」
　真剣な眼差しで見つめられ、私は静かに京ちゃんを見た。
「世界で一番、乃々のことだけを愛してる。俺の……恋人になってください」
　真っ直ぐすぎる告白に、涸れることを知らない涙がまた溢れ出してしまう。
　でも、いいよねっ……。
　嬉し涙なら、幾らだって……。
「は、いっ……」
　そう返事をして、こくこくと何度も頷いた。
　そんな私を見て、京ちゃんはふわりと愛しいものを見つめるように微笑む。
　それは、私が大好きな笑顔だった。

「あんまり可愛いことばっかり言わないで」＊side京壱

　俺にとって、今日は忘れられない日になる。
　そう言いきれるほど、幸せに満ち溢れていた。
　乃々を抱きしめたまま、ベッドに横になる。
　撫で回したい衝動に駆られて、乃々の髪を優しく撫でた。
　くすぐったそうにしながら、愛らしく笑う乃々。
　……俺のものに、なったんだ。
　乃々が俺のことを好きだなんて、今も信じられない気持ちでいっぱいだった。
　将来は結婚(けっこん)すると確信していたし、一生離すつもりはなかったけど、乃々に「好き」と言ってもらえる日が来るのは、なぜかずっと想像ができなかった。
　こんな幸せな現実が訪れるなんて……。
　綺麗な髪をくるくると弄りながら、ぼうっとこの夢のような状況(じょうきょう)に浸っていると、乃々が俺のことを見てふにゃりと笑った。
「ん？　どうしたの？」
「ふふっ……改めて、実感してたのっ」
　そう言って、乃々は恥ずかしそうに両手で頬を覆う。
「京ちゃんが、私を好きって……ふふっ、京ちゃんが……えへへ」
　思い出したように口角を緩ませて、幸せそうに俺を見つめてくる乃々。

……もう無理。

さっきから、可愛すぎてどうかしてる。

今まではどれだけ煽られたって生殺しを受けたって我慢できたけど、これからは……。

もう、我慢しなくていいのか。

"彼氏"という地位を手に入れた俺は、理性のタガが外れてしまったらしい。

「……乃々」

「え？　きょ……京ちゃんっ……!?」

突然のことに驚いている乃々を強く抱きしめて、その首筋に顔を埋めた。

すぅっと息を吸うと、乃々の甘い匂いが鼻腔（びこう）をくすぐる。

はぁ……。ずっとこうしていたい……。

もう、このまま２人でいられたらいいのに。

邪魔者のいない世界に、２人きりで。

俺は乃々さえいれば、十分だから。

そんなことを思ったとき、肝心（かんじん）なことを思い出した。

「……ねぇ、乃々」

「なあに？」

「今日……どうして新川和己と一緒にいたの？」

乃々に好きだと言われて、浮かれて流してしまうところだった。

俺の質問に、乃々はハッとした表情をする。

「あっ……それは……ご、ごめんなさい……」

「怒ってるんじゃないよ。だから。理由を教えて。乃々は

あの男が好きだったの……？」
「っ、違うよ！」
　慌てた様子で否定した乃々に、全身の力が抜け落ちるほど安心した。
　よかった……。
　もしかしたらと危惧していたから、乃々の口からちゃんと否定の言葉を聞いて、安心した。
「もちろん、先輩として信頼してるけど……新川先輩はそういうのじゃなくて……」
　続けて放たれた乃々の言葉に、大きく眉間にシワが寄る。
　信頼……？
　あんな胡散臭い男を信用しているなんて……乃々にはもう少し、危機感を与えたほうがいいな。
　俺がそんなことを思っているなんて知る由もないだろう乃々は、じっと俺を見つめたまま、恥ずかしそうに口を開いた。
「私、京ちゃんしか好きになったこと、ないっ……」
　雑音があれば搔き消えてしまっていたくらいの、すごく小さな声。
　頬を真っ赤に染めて、恥ずかしいのか顔を手で隠している乃々の姿に、ごくりと息を呑んだ。
　可愛い……可愛い可愛い可愛いっ……。
　こんな可愛い乃々が、俺しか好きになったことがないなんて……こんな幸福なことはない。
　これからもずっと、俺だけを好きでいてもらえるように、

それだけのために生きようと再度胸に誓った。
「……うん、疑ってごめんね」
　顔を隠すために覆われている乃々の手を優しく掴んで、ゆっくりと退けた。
　視界に映った乃々の顔は、恥ずかしそうに赤く染まっていて……。
　もう、どこまで可愛ければ気がすむんだろう……。
「あの、あのね、新川先輩とは……たまたま会ったの」
　必死に訳を話そうとする乃々に、耳を傾ける。
「京ちゃんに、コーヒーを買いに行こうと思って……」
　コーヒー？
　俺に……？
「京ちゃん、最近ご機嫌斜めだったでしょう？　疲れてるのかなと思って……だから、ホッとしてもらいたくて、缶コーヒーを買いに行ったの……」
　乃々が話す真相に、罪悪感が沸々と溢れてくる。
　俺のため、だったのか……。
「そのときに、新川先輩と偶然会って……」
　事の詳細を知って、納得した。
　同時に、乃々への愛しさが止まらなくて、手を伸ばし頬を撫でる。
「約束破って教室出て……ごめんなさい」
　まだ俺が怒っていると思っているのか、目に涙を溜めながら、不安そうに俺を見上げる乃々。
　可愛い。ほんっと可愛い……。

「俺のほうこそ、俺のためだったとは知らずに怒ってごめんね」

　まさか、そんな経緯(けいい)があったなんて思わなかった。

　俺のために缶コーヒーを買う乃々を想像して、あまりの愛しさに胸がぎゅっと締め付けられる。

「京ちゃんは悪くないから、謝らなくていいんだよ……？」

　こてんと首を傾げる乃々に、ときめかずにはいられない。

　あー、どうしてこんなに可愛いんだろう。

　……でも、ますます許せなくなってくる。

　こんな可愛い乃々が、他のヤツにも抱きしめられたのかと思うと……。

「うん、ありがとう。けど乃々、教室に２人でいたのはどうして？」

　脳裏に焼き付いて離れない、乃々が新川和己に抱きしめられている光景。

　思い出すだけで、黒い感情が溢れて止められない。

「あ……」

　視線を、ふいっと逸らした乃々。

　言いたくなさそうに、きゅっと唇を噛みしめたのを見て、何かあったのだと察する。

「俺には言えないようなことがあったの？」

「……っ」

　図星の反応を見せた乃々に詰め寄る。

「乃々」

　じっと見つめながら名前を呼べば、乃々が困ったように

眉の端を下げた。
「それ、は……」
　歯切れの悪い言い方に、嫌な予感がいくつも浮かぶ。
　いったいどうしてそんなに渋るんだ……？
「ごめんなさい……」
　沈黙のあと、ようやく言う気になったのか、固く閉ざしていた口を開いた乃々。
「あのね。京ちゃんが女の子と話してるの、盗み聞きしちゃったの……」
　その言葉に、俺は少し拍子抜けしてしまった。
「それで、京ちゃんに好きな人がいるってわかって……悲しくて……そしたら、新川先輩が慰めてくれて……」
「……なるほどね」
　告白のとき、か。
　別に聞かれてやましいことはなかったから、盗み聞きなんて思わないのに……そんなこと心配していたのか。
　それがなんだか可愛くて、頬が緩む。
「盗み聞きなんてして、怒ってるよね……っ、ご、ごめんなさい……」
　ふふっ、そんなことで怒らないよ。
　それに……俺に他に好きな人がいるって誤解して……泣いていたのか。
　他の男に慰められていたのは気に入らないしあの男は許さないけど……。
　嬉しいことを聞けた。

「乃々」
　名前を呼ぶと、怒られると思ったのか乃々がびくりと反応した。
「何も怒ってないから、そんなに怯えなくていいよ」
　目一杯優しくそう言えば、「ほんとに……？」と俺の顔色をうかがうように覗き込んでくる乃々。
　きっと、不安にさせてしまったんだろう。
　最近は、確かにいつもより、乃々に冷たかった。
　必死に隠していたつもりだったけど、どうしても新川和己とのことが気になって、気を張っていたから。
「最近機嫌が悪かったのはね、乃々があの男の話ばっかりしてたからだよ」
　正直に、理由を話す。
「……意味、わかる？」
　なんて、きっとわからないだろうな。
　俺の予想どおり、乃々は理解していないようで、こてんと首を傾げている。
　そんな鈍感なところも、正直可愛くて仕方なかった。
「情けないけど、嫉妬してたんだ」
　そう口にして、ふっと笑う。
「今まで言わなかったけど、俺……独占欲っていうのが強いみたい」
　いや、独占欲なんて……可愛いものじゃないか。
　できることなら、今すぐこの部屋に閉じ込めたい。
　他の誰かの視界に乃々が映るのだって、本当は嫌だ。

乃々が俺以外の人間を見るのなんて……もっともっと嫌だった。
　2人きりの世界が作れたらどれだけいいだろうと、もう何度考えたか数えきれない。
「乃々が他の男と喋ってるって思うだけで、不安になる。他の男を好きになったらどうしようって……考えるだけで、頭がおかしくなりそう。だから……」
　きっと、俺の乃々への愛の大きさを知ったら、乃々は怖がるだろう。
　怖がって、逃げ出すかもしれない。
　でも……逃してなんかあげないよ。
　乃々はもう、頭のてっぺんからつま先まで、全部全部俺のもの。
　俺だけのものだからね。
「……もう、あいつとは会わないでほしい。……ダメ？」
　乃々の表情が、少しだけ暗くなる。
「私……何があっても、新川先輩のことはそういう意味で好きになったりしないよ？」
「うん」
「新川先輩は、いつも京ちゃんのことで相談に乗ってくれて、いい人で……」
　うん、もう何回も聞いた。
　でも、そんなことは関係ない。
「それでも俺は……不安なんだ」
　あの男は乃々に気があると断言できる。

会ったからこそ言いきれるし、そうじゃないとしても無理だ。
　他の男と仲良くするなんて、そんなことを許せるほど俺は寛大な男じゃない。
　黙り込んだ乃々を、静かに見つめる。
「……わかった」
「え？」
　予想外の返事に、思わず気の緩んだような声が漏れてしまった。
　今、わかったって言った……？
「京ちゃんが不安になることはしたくないから……新川先輩とは、もうお話しない」
　俺を見て、にっこりと微笑む乃々。
　了承はしてもらえないと思っていた。
　仲良くなった人にはすぐに懐く乃々だから、多分「あんまり喋らないように心がける」くらいの返事が返ってくるだろうと予想して、一応忠告だけはしておこうと思った。
　ダメって言われても、あの男はこっちでどうにかする気だったのに……。
「乃々……」
　俺を選んでくれるんだ。
　本当に、乃々は俺を好きでいてくれているのだと、改めて実感した。
　愛されているとわかって、言葉には言い表せないような感動に包まれる。

「最後に、新川先輩にごめんなさいって言いにいってもいいかな？」
　恐る恐るそう聞いてくる乃々に、笑顔を返す。
「うん、ありがとう。俺も一緒に行くよ」
「うんっ……」
　俺の言葉に、安心したように笑った乃々。
「京ちゃん、もう不安じゃない？」
「え？」
「私が京ちゃんの嫌がることしちゃったら、ちゃんと言ってね……？　京ちゃんが嫌がることは、したくないからっ」
　……ああ、もう。
「乃々は優しいね」
　どうしてこんなにいい子なんだろう。
　ていうか、可愛すぎるっ……。
「京ちゃんもいつも優しいよ……？」
　そんなの、俺が優しくしたいと思うのは、乃々だけなんだから。
　もう、いろんな感情が込み上げて、自分の中で消化できない。
　１つだけはっきりと言えるのは、今俺は世界一幸せだということ。
「乃々は優しくて、可愛い……大好きだよ」
　愛してる、と、心の中でつぶやく。
「わ、私も……っ」
　恥ずかしそうに顔を赤らめて、俺の気持ちに応えてくれ

る乃々に、たまらなくなった。
「乃々、こっち向いて」
　乃々の顎をそっと掴んで、クイッと持ち上げる。
　視線が交わって、乃々の吸い込まれそうな瞳に俺だけが映された。
　それだけで、この世のすべてが手に入ったような気分になる。
「目、瞑って……？」
「どうして？」
　今から何をされるのかわからないらしい乃々が、首を傾げた。
「わからない？」
　確認するようにそう聞けば、本当に何もわからないようで、きょとんとした表情をうかべる乃々。
　無知なところも、可愛い……。
　これからは、俺がいろんなことを教えてあげる。
「キス、してもいい？」
「……っ」
　ようやく理解したらしい乃々は、ボッと効果音が鳴りそうな勢いで顔を真っ赤に染めた。
　いちいちウブな反応をされて、それにまんまと煽られる。
「ダメ？」
　もう、我慢できない。
　俺の言葉に、乃々は首を左右に振った。
　そして、そっと目を瞑る。

俺は乃々の片頬に手を添えて自分の唇を近づけた。
少しずつ距離が縮まって、そっと重なった唇。
その感触(かんしょく)が、十数年の片想いが実ったことを実感させた。
……甘い。
キスに味なんてあるはずがないのに、目眩がするほど甘い乃々の唇。
ゆっくりと唇を離して乃々の顔を見ると、その顔はりんごのように赤く染まっていた。
「……は、恥ずかしい……」
両手で顔を隠す乃々が可愛すぎて、また目眩がする。
なんでこんな、可愛いのっ……？
「もう一回、いい？」
一度味わってしまったら、もう我慢なんてできない。
乃々が可愛いことばっかりするから、俺の理性なんて呆(あっ)気なく崩壊してしまう。
「き、聞くのはダメ……！」
え？
それはつまり……。
「聞かなくていいの？」
確認するように聞けば、乃々は顔を赤くしたまま、一度だけこくりと頷く。
「……恋人、だから……」
……っ。
だから、どうしてそんな煽ることばっかり……っ。
「……もう、あんまり可愛いこと言わないで」

俺は乃々が思っているような、優しい男じゃないよ？
　本当は今すぐに押し倒して、心も身体も俺のものにしてしまいたい。
　もちろん乃々のことを大切にしたいから、そんなことはしないけど……。俺が満足するまで、このキスには付き合ってもらおう。
　積もりに積もった俺の気持ちは、こんなものじゃすまないから……。
　――俺の愛を、全身で受け止めてね。
　小さな唇に、もう一度自分のそれを重ねる。
　やわらかい感触と温もりに、今俺は世界一幸せだと心の底から思った。

03＊恋人

「……かーわいい」

　京ちゃんの恋人になってから、毎日夢見心地。
　なんだかずっと、ふわふわしていて、授業中もぼーっとしてしまう。
　だって、自分が京ちゃんの彼女だなんて、今でも信じられない。
　京ちゃんみたいに素敵な人が私の恋人だなんて……！
　本当に、夢みたいだった。
「乃々、帰ろうか」
　授業が終わって、隣に座る京ちゃんがそう言った。
「うんっ」
　急いで帰る支度をする私を見て、「ゆっくりでいいよ」と優しく微笑んでくれる。
　付き合い始めてから、京ちゃんは前以上に優しくなった。
　というより……なんだかとっても、甘やかされている気がするっ……。
　カバンを持って立ち上がり、２人で教室を出た。
　当たり前のように手を繋いでくる京ちゃんに、まだ慣れない。
「ねえ、やっぱりあの２人、付き合ってるのかなぁ？」
「そりゃそうでしょ〜、有名じゃん」
「最近、日に日にラブラブ度が増してる気もする……百合園さんが羨ましい……」

「でもお似合いすぎて何も言えないんだけど……」
　周りの女の子の目も、心なしか付き合う前と変わった気がする。
　多少悪意のあることも言われているんだろうけど……昔から注目のマトだった京ちゃんと一緒にいるせいか、耐性(たいせい)がついていてそこまでは気にならなかった。
　とはいえ、相変わらず京ちゃんのかっこよさは健在だし、まだまだモテるのだろう。でも、こればかりは仕方ないと思う。
　そういえば……聞いたことはないし、見たこともないけれど、京ちゃんはきっと今までお付き合いした経験があるんだと思う。
　そう確信できるほど何事においてもスマートだし、いつも私をリードしてくれる。
　でも……私は京ちゃんが全部初めてで、恋愛もお付き合いも、わからないことばかりだから……。
　正直、少し戸惑(とまど)っていた。
　握られた手を見つめながら、ドキドキしているのがバレないように顔の熱を冷ます。
　京ちゃんは、こんなことくらいだとドキドキしないのかな……？
　全然表情がいつもと変わらないし、なんとも思っていなそう……。
　勝手に差のようなものを感じて、少しだけ寂しくなる。
「きゃっ……！」

ぼうっとしていたからだろう。
何もないところで躓(つまず)いて、身体が大きく傾いた。
繋いだ手が離れて、バランスを崩し転びそうになる。
衝撃に耐えるように、ぎゅっと目を瞑ったときだった。
パシッと腕を掴まれ、すぐに背中に回された手。
「……びっくりした……大丈夫？」
抱きしめられるような体勢で、京ちゃんに助けられた。
廊下だったため、周りにいた生徒たちの視線が私たちに集まっていた。
「あ、ありがとうっ……」
恥ずかしくて、視線を下に逸らす。
すぐに距離を取って、京ちゃんから離れた。
うぅ……京ちゃん、本物の王子様みたい……みんなに見られて恥ずかしかったけど、かっこいい……。
最近、京ちゃんがかっこよくて直視できないことがある。
もちろん京ちゃんはずっと前からかっこいいけど、今はますます輝いて見えるというか、一緒にいるだけで、ドキドキして心臓が破裂(はれつ)しちゃいそう。
再び手を繋いで、歩き始めた京ちゃん。
「乃々、最近どうしたの？」
え？
「さっきもだけど、なんだかいつもぼうっとしてるような気がする」
図星を突かれて、ドキッとした。
き、気づかれていたんだ……！

「う……ご、ごめんなさい」
「何かあった？」
　今度は、ギクリと効果音が鳴った気がした。
　い、言えるわけないよっ……。
　京ちゃんといると、ドキドキしてどうにかなっちゃいそう……なんてっ……。
「悩みがあるならいつでも頼ってほしい。俺、乃々の彼氏でしょう？」
　じっと見つめられながら言われた言葉に、キュンッと心臓が音をたてた。
　う……かっこいい……。
　こくこくと何度も首を縦に振る。
　心配かけて、ダメだなぁ私……。
「う、浮かれてるだけだと思うから、平気だよ……！」
「浮かれてる？」
「京ちゃんの恋人になれて……ふわふわしてるみたいなの」
　素直にそう伝えると、京ちゃんが一瞬目を見開いた。
「……」
　黙り込んでしまった京ちゃんを不思議に思って顔を覗き込むと、今度は私が目を見開く番になった。
「……っ！」
　驚きすぎて、身体が硬直したみたいに動けなくなる。
　京ちゃんが、唐突に唇を重ねてきたからだ。
　さっきも言ったとおり、ここは学校の廊下。
　下校時刻だから、周りにたくさん生徒が歩いているし、

私と京ちゃん２人なわけじゃない。
　なのに……。
「ふふっ、真っ赤」
　顔を離して、私を見ながら満足げに微笑む京ちゃん。
「きゃーー!!」
　周りにいた女子生徒たちの悲鳴があがった。
　き、京ちゃんってば、みんなの前でなんてことするんだろうっ……！
「き、京ちゃん……！　ここ廊下だよ……！」
　み、みんなすごい顔でこっち、見てる……！
　いたたまれなくなって、顔を両手で隠す。
「ごめんね。乃々があまりにも可愛いこと言うから」
「っ!?」
　か、可愛いことなんて、何も言っていないのに……っ。
　付き合い始めてから、京ちゃんはことあるごとに「可愛い」と言ってくるようになった。
　前からよく言ってくれてたけど、それは妹やペットに言うような可愛いだと思っていたから……。
　京ちゃんのくれる「可愛い」は、ずるい。
　何も言えなく……なってしまう。
「早く帰ろうか？」
　私の手を引いて、少し早足で歩き始めた京ちゃん。
　私はずっと顔が上げられなくて、京ちゃんの足下ばかり見ていた。
　いつもは徒歩通学だけど、今日は京ちゃんのお家の車で

帰らせてもらうことになった。
　この後お父さんの会社のパーティーがあるらしく、跡取りとして出席しなければいけないらしい。
　そういう話を聞くと、なんだか本当に別世界の人のように感じて、少しだけ寂しい気持ちになった。
「お願いしますっ……」
　運転手さんにそう言って、車に乗せてもらう。
「乃々、こっち」
「……え？　わっ……！」
　京ちゃんに、グイッと腕を引かれる。
　そのまま、膝の上に座らされた。
「やっと２人になれた」
　後ろからぎゅっと抱きしめられ、心臓がドキッと音を鳴らす。
　こんな急に……心臓に、悪いよっ……。
「こっち向いて乃々」
　今度は向き合う体勢にさせられ、もう私はされるがままだった。
　もう、胸のドキドキが、京ちゃんに聞こえないように必死で……。
　至近距離で、じっと見つめられる。
　緊張しすぎて、息もできない。
「京ちゃ……んっ……！」
　名前を呼ぼうとしたとき、唇を塞がれた。
　角度を変えて、味わうような長い口づけに、私は応える

だけで精一杯。
　も、ダメ……息がっ……。
　窒息する……と本気で思ったとき、ようやく解放された。
　満足げな表情で私を見て、「ふっ」と笑う京ちゃん。
「……かーわいい」
「……っ」
　あぁもう、ずるい……。
　私ばっかりドキドキさせられて、京ちゃんは余裕いっぱいで……。
　付き合えて幸せだと思う反面、この温度差が少し寂しくもあった。
「それじゃあバイバイ乃々。また明日」
「うん、バイバイ……！」
　私の家の前で降ろしてもらって、京ちゃんと別れた。
　１人になった瞬間「はぁ……」と胸を撫で下ろす。
　ド、ドキドキしたっ……。
　緊張から解放されて、ホッとする。
　世の中のカップルはみんな、こんな気持ちになっているのかなぁ……。
　強靭な心臓がないと、いつか本当に破裂しちゃいそうだっ……。
　でも、京ちゃんはそんなことなさそうだから、やっぱり私が過剰に反応しているだけ……？
　もっと、恋愛慣れ？っていうの、しなきゃいけないのかなぁ……。

こういうとき、相談できる人がいたらなと思う。
　お母さんに話すのは恥ずかしいし、かといって話せる友達なんていない。
　新川先輩とも……もう会わないって約束したから。
　じつは、京ちゃんと両想いになった次の日、２人で生徒会室に行った。
　新川先輩にも時間を作ってもらって、お礼と……それと、ごめんなさいを言ったんだ。
　先輩は笑って「よかったね」と祝福してくれた。
　これからもすれ違ったときとかは、挨拶してねって……
本当に、優しい人だったなぁ……。
　って、ダメダメ。
　新川先輩の名前はもう出しちゃいけないんだ。
　京ちゃんが悲しむことは、したくないから。
　でも、京ちゃんは少し心配しすぎだと思う。
　嬉しいけど、新川先輩みたいな素敵な人が私を好きになるなんてあるわけがないし、まず私を好きになってくれるような物好きな人は京ちゃんくらいだと思うんだ。
　それに、どうして京ちゃんが私なんかを好きになってくれたのか、今でも不思議に思っている。
　だからきっと、実感もわかないんだろうなぁ……。
「京ちゃん、まだパーティー中かなぁ……」
　ご飯を食べてお風呂に入って、自室に籠る。
　今日は両親ともに仕事で遅くなるから、家には私１人だ。
　スマホを見ながら、京ちゃんとのトーク画面を開いた。

声が聞きたい……。
　さっき別れたばかりなのに、もう会いたいなんて、わがままだなぁ……。
　電話をかける気はないけれど、電話の画面を開いてじっと見つめる。
　明日も会えるから、我慢我慢……。
　そう思って、画面を閉じようとしたときだった。
「っ、わっ」
　誤って通話開始のボタンを押してしまい、慌てて切る。
　び、びっくりした……。
　一応、間違えただけだってメッセージ送っておこうっ。
　慌てて文字を打っている途中、また画面が切り替わった。
　それは、京ちゃんからの着信を知らせるものだった。
　わっ、ど、どうしよう……！
　迷った末、電話を取る。
『もしもし、乃々？』
　スマホを耳に当てると、京ちゃんの声が聞こえた。
　会場から離れた場所にいるのか、周りの騒がしい音が少しだけ聞こえてくる。
『何かあった？』
「ご、ごめんね、間違えて押しちゃったの……」
　私が謝ると、「そうだったんだ」と優しい返事が返ってくる。
『気にしないで。それに……ちょうど声聞きたいなって思ってたから』

……え？
　　京ちゃんも……？
　　そう、思ってくれていたの……？
　　嬉しくて、キュッと唇を噛みしめた。
　　私だけじゃ、なかったんだっ……。
「あの、私も――」
『京壱くん！』
　　京ちゃんの声が聞きたかった、と、伝えようとした声は、電話の奥から聞こえた声に遮られた。
　　若い女性のものと思われるその声に、心臓がどきりと嫌な音を鳴らした。
『はい、すぐ戻ります。……ごめんね乃々、また電話するよ』
　　そ、そうだよね……。
　　パーティーって、どんなものかわからないけど……いろんな人が来るだろうから、綺麗な女の人もいっぱいいるんだろうな……。
　　……っ。
　　どうしよう……なんだか、モヤモヤする……。
　　嫌とかそんなのじゃなくて……なんだろう、この感情。
　　……怖い……？
「う、うん……！　急に電話してごめんなさい……！」
『謝らないで。いつでも電話してきてね、俺も待ってるから』
　　そう言って、電話が途切れた。
　　……あんまり考えていなかったけど、京ちゃんの周りには、素敵な女の子がたくさんいるんだろうなぁ……。

学校では、いつも私と話していてくれるから、女の子と話す姿は滅多に見ないけど、今みたいな取引先とかの付き合いは、きっとたくさんあるはずだ。
　私の知らない京ちゃんの姿を想像すると、胸がずきりと痛んだ。
　今更気づいてしまった。
　……恋人になったからといって、一生一緒にいられるわけじゃないんだ。
　だって、いつ京ちゃんの気が変わるかなんてわからない。
　京ちゃんの周りには、きっと煌びやかな女の子がたくさんいて、その子たちはきっと私なんかじゃ太刀打ちできないほど綺麗で可愛くて……。
　いつ京ちゃんの目が覚めて、他の女の子を好きになってしまうかなんてわからないんだ。
　もしかしていつも私をエスコートしてくれるように、他の女の子にも同じようなことをしてるのかな……？
　京ちゃんに、「他に好きな子ができたから別れよう」って言われたら、どうしよう……。
　そんな日を想像するだけで、怖くてたまらなかった。

「乃々、嫌なんでしょう？」＊side京壱

　俺の世界が変わったのは、乃々と初めて出会った日。
　そして、乃々が恋人になった3週間前、また俺の世界が変わった。
　バラ色に見えるなんて、何かのたとえだろうと思っていたけど……あながち間違っていなかったらしい。
　本当にそれくらい、毎日が輝いて見えた。
　今はお昼休み。
　いつもと同じように、視聴覚室で2人きりでご飯を食べていた。
　黙々と、お弁当を美味しそうに食べている乃々を、観察するようにじっと見る。
　乃々は育ちがいいから、お箸の持ち方や食べ方はすごく綺麗だ。
　けど、口が小さいため、たまにご飯粒を口元につけていることがあり、それがたまらなく可愛い。
　もぐもぐと動いている口をずっと眺めていたくて、自分の食べる手が止まっていた。
　ちらりと、こっちを見た乃々と目が合う。
「きょ、京ちゃん？　私の顔、何かついてる……？」
「ううん、可愛かったからついね」
「……っ」
　どうやら、乃々は「可愛い」という言葉に弱いらしい。

すぐに赤くなるのが可愛くて、それを見るたび頬が緩んでしまう。
　　はぁ……今日も俺の恋人は、世界で一番可愛い。
「ごちそうさまでしたっ」
　　お弁当を片付けて、きっちりと手を合わせた乃々。
　　頭を撫でたくなって、衝動のままによしよしと優しく撫でる。
　　チャイムが鳴るまで、あと15分あるな……。
「乃々、おいで」
　　手を広げて、乃々を呼ぶ。
　　テーブルを挟んだ向かいから、立ち上がって、てくてくと俺のところに来た乃々を、前からぎゅっと抱きしめた。
「チャイムが鳴るまで、こうしていよう」
　　こうやって、理由なく触れられるのは、恋人の特権だ。
　　その権利を得てから、毎日のようにこうして抱きしめている気がする。
「う、うん……」
　　2人きりになれる機会があれば触れて、抱きしめて、キスをして……。
　　3週間前の俺が今の俺を見たら、羨ましすぎて嫉妬しているだろう。
　　あぁ本当に、幸せしかない。
　　抱きしめる腕を緩めて、片方の手で乃々の頬に触れる。
　　コツンと額をくっつけて、至近距離で見つめた。
　　ふふっ、やっぱりすぐに赤くなる……。

あーダメだ……かわいすぎ……。
「……乃々」
　吸い寄せられるように、乃々の唇に自分のそれを寄せる。
　唇が重なる直前だった。
「キ、キスは……ダメっ……」
「え？」
　乃々が、俺を拒むように胸を押して、離れたのは。
　初めて拒絶されたことに、一瞬頭が真っ白になった。
　キスを拒まれるなんて……。
「……嫌だった？」
　ドクドクと、心臓が嫌な音をたてる。
　焦っているのを隠したくて、平静を装うのに必死だった。
「嫌ってわけじゃない、けど……あんまりしたく、ない」
　乃々の言葉と反応に、少しだけホッとする。
　照れているだけか……？
　ひとまず、俺が嫌になったというわけではなさそうだから、その心配はいらないみたいだけど……。
　むしろ拒まれたら、逆に燃えてしまう。
「じゃあ、もうキスはしないよ」
　そう言って、優しく乃々の頭を撫でた。
　あからさまに安心した表情になった乃々に、俺はこの３週間の記憶を巡らせた。
　そういえば付き合ってから、手を繋ぐのも抱きしめるのも……キスも全部、俺からしていた。
　乃々と恋人になれただけで幸せだから、文句なんて１つ

もないけど……。
　乃々から、ねだってもらいたい。
　俺が乃々を求めているように、乃々にも俺を求めてもらいたいと思った。
　うん、そうだ。
　乃々が"お願い"してくるまで、俺からはいっさい手を出さない。
　生殺し状態に自ら身を置くことになるけど、それよりも、乃々に求められたかった。
　このときの俺は、乃々が自分のことをどれだけ想ってくれているのか、試したかったのかもしれない。

「乃々、帰ろうか」
　その日の授業が終わり、いつものように２人で下校する。
　隣に並んで歩く俺を、乃々が不思議そうに見ていた。
　きっと、いつもならすぐに手を繋いでくる俺が、繋いでこないからだろう。
「京ちゃん……？」
　まるで、「手は繋がないの？」とでも言いたげな表情に、俺は気づかないふりをした。
「ん？　どうかしたの？」
「う、ううんっ……なんでもない」
　誤魔化すように笑った乃々に、少しだけ胸が痛む。
　はぁ……繋ごうって、言ってくれないか。
　乃々が望んでくれるなら、もう繋いで離さないのに。

結局、お互い手は繋がないまま、帰り道を並んで歩く。
「今日の授業難しかったなぁ……次のテストだ大丈夫かなぁ」
　ぼそりと呟いた乃々に、俺は耳を傾けた。
「わからないところでもあった？」
　乃々が不安がっているなんて珍しい。
　昔から、塾や家庭教師を雇わずとも成績がよかった乃々。
　宿題や予習復習も自主的に行っていて、成績も常に上位だった。
「うん……最近、数学にちょっとついていけなくて……」
　その言葉に、疑問が生まれる。
　最近の数学、そんなに難しい範囲ではなかったような気がするのに……。
　勉強に身が入らない理由でもあるのか……？
　わからないけど、困っている乃々を放っておくことはできない。
「じゃあ、俺の家で宿題しようか？」
　そう提案すると、乃々はパッと顔を上げて俺を見た。
「いいの……？　京ちゃん、最近忙しそうだけど……」
「構わないよ。今日は何もないし、美味しいケーキでも食べながら勉強しよう」
　いつものくせで、頭を撫でそうになった手を慌てて自制する。
　ダメだ。俺からは触らないって決めたから。
「えへへっ……ありがとうっ……！」
　乃々は俺の返事に、ふにゃりと嬉しさを隠しきれないよ

うな笑顔を浮かべる。
　俺にはそれが、抱きしめてくれと言っているようにしか見えなくて、ぐらりと理性が大きく揺さぶられた。
　あぁもう可愛い……可愛い、可愛い……。
　触れたい、撫でたい、抱きしめたい……。
「……うん」
　すべての欲望を堪えた俺からは、そんな短い返事しか出てこなかった。
　乃々の可愛さを前に、もう今は自分の欲望を抑えるので精一杯。
　家で勉強をしている間も、いろいろと必死だった。
　どうやら俺は、自分で思っている以上に、乃々を撫でるくせがついていたらしい。
　ことあるごとに頭を撫でようと手を伸ばしている自分がいて、何度も我に返った。
　……もうそばにいるだけで、ダメなのかもしれないな。
　乃々が隣にいるだけで、抱きしめたくて触れたくて、頭の中はそればかりだった。
　付き合ったら、我慢することもなくなるんだろうと思っていたのに……付き合ってからのほうが辛くなるなんて。

「それじゃあ、勉強はこのくらいにしようか」
　明日のテストの予習を終えて、乃々を見つめる。
「よく頑張ったね」
「うん……」

……あれ？
　乃々のテンションが低いことが、少し気になった。
「家まで送っていくよ」
　乃々を送るため、座っていたソファから立ち上がる。
　そのとき、乃々が俺の服の袖を掴んできた。
「京ちゃん……」
　上目遣いで見つめられ、どきりと心臓が大きく高鳴る。
「キ、キスは……？」
　やっぱり、俺が何もしないことに、乃々は気づいていたらしい。
　もしかしてそれで、さっきから落ち込んでいた様子だったの……？
　うわ……なにそれ……可愛い。
　でも、昼休みに拒まれたことが脳裏を過った。
「乃々、嫌なんでしょう？」
　俺だって、ショックだったから。
　してほしいなら、自分からお願いして？
「乃々が嫌がることはしないから」
　優しく微笑んでそういえば、乃々が一瞬、何か言いたげに口を開いた。
　けれど、すぐに口を閉ざして、こくりと頷く。
「……う、うんっ、わかった……！」
　……言ってくれない、か。
　もしかしたら乃々は、俺と恋人同士のようになりたいとは、思っていないのかもしれない。

幼なじみの延長戦のような"好き"で、以前のように、兄妹のような距離感を望んでいるのかも……。
　でも……俺はそんなぬるい関係じゃなくて、乃々とちゃんと、恋人同士になりたいから……。
　俺の家と乃々の家は徒歩15分程度の距離だから、歩いて送ることにした。
　使用人に車で送ってもらってもよかったが、少しでも長く乃々と同じ空気を吸っていたいっていう理由。
　けど、その間も、手を繋ぐことはなかった。
　15分なんかあっという間で、乃々の家が見えてきて、溜め息が溢れそうになった。
「……あ、そうだ」
　そして、言い忘れていたことを思い出す。
「明日から、3日間父さんの仕事に付き添うんだ」
　日、月、火と、遠方に行かなければならない。
　本当は、2日間でもいいと言われていたけど……ちょうどいい機会だから、乃々に時間を与えようと思った。
　きっと俺がいない間、乃々は俺に会いたくなるはずだ。
　そうして頭の中に俺を植え付けて、乃々が自分から俺に「会いたい」と言ってくれることを企んでいた。
「月曜日は創立記念日で元から休みだけど、火曜日は欠席するね」
　そう伝えた俺を、乃々は寂しそうに見つめる。
「連絡も取りづらいと思うんだ」
　追い討ちをかけるようにそう言うと、乃々はあからさま

に悲しそうな表情をした。
　かわいそうだけど、電話越しに聞く声で満足されたら困るから、連絡も最小限に抑えたい。
　会えない３日間は、乃々の頭の中が、俺ばっかりになればいい。
「わ、わかった……。お仕事、頑張ってね……！」
　俺に気を使ってか、無理に笑顔を作る乃々に罪悪感が込み上げた。
　きっと、わがままを言ってはいけないとでも思っているんだろう。
　そんな健気なところもいじらしくてたまらないと、愛しい気持ちは募る一方だ。
　早く、俺の気持ちに追いついて。
　乃々も同じくらい、俺に溺れてほしい。
　俺はもう取り返しがつかないくらい、乃々でいっぱいだから。
　心の中でそう呟いて、今すぐに抱きしめて連れ去ってしまいたい衝動を必死に抑えた。

「どうしてそんなこと思うの？」

　勘違いや気のせいではなく、京ちゃんに避けられていることに気がついた。

　きっと、キスを拒んだあの日からだと思う。

　あのときは、恥ずかしくてたまらなくて、つい拒んでしまったけど……。

　あれ以来、京ちゃんが私に触れなくなった気がする。

　気になって聞こうと思った矢先だった。

『明日から、３日間父さんの仕事に付き添うんだ』

　そう伝えてきた京ちゃんに、寂しい、という気持ちを押し殺して、笑顔でバイバイした。

　連絡もしづらいと言っていたから、何度も電話したくなったけど、我慢して一度も連絡はいれていない……。

　京ちゃんに会えない３日間は、すごくすごく長い時間に感じられた。

　ようやく迎えた、水曜日の朝。

　いつも朝は起きられなくて、京ちゃんに起こしてもらっているけど、この日は早起きをして、京ちゃんを驚かせようと支度をすませていた。

　京ちゃん、きっとびっくりするだろうなっ……。

「よく起きられたね」って、褒めてくれるかな……？

　ワクワクして、京ちゃんが部屋に来てくれるのを待つ。

──コン、コン、コン。
　ゆっくりと開いた扉の向こうから現れた京ちゃんに、勢いよく飛びついた。
「わっ……！」
「うわ、びっくりした……」
「えへへっ、驚いた……？」
　京ちゃんに抱きついて、笑顔で見つめると、京ちゃんも優しく微笑んでくれる。
「うん、驚いたよ。1人で起きられたの？」
「うん……！」
「すごいね」
　褒めてもらえたことが嬉しくて、頬がだらしなく緩む。
　撫でてと頭を差し出したけれど、京ちゃんが頭を撫でてくれることはなかった。
　あれ……？
　いつもなら、よしよしって、してくれるのに……。
　それに……抱きしめ返してもくれない……。
　寂しさを感じて、より一層抱きしめる腕に力を込めた。
「京ちゃん……久しぶりだね……」
　ぎゅっとしがみついて、京ちゃんの胸に頭を預けながらそう言う。
「久しぶりって、この前会ってから4日しか経ってないでしょ？」
　……え？
　思いもよらない返事に、パッと京ちゃんの顔を見た。

その表情は、いつもどおりの優しい笑顔。
　まるで、私と会えなくても平気だったと、言われているみたいだった。
「……あ……」
　慌てて回していた腕を解いて、京ちゃんから離れた。
　そ、っか……。
「そ、そうだよね……」
　京ちゃんにとっては、なんともなかったんだ……。
　私はこの３日間、会いたくて会いたくてたまらなかったのに。
　京ちゃんのことで頭がいっぱいで、四六時中京ちゃんのことを考えてしまって、ようやく今日を迎えたのに……。
　……京ちゃんにとって、私はその程度の存在だった、のかな……。
「きょ、京ちゃん……早く学校行こうっ」
「うん、そうだね」
　悲しくて、胸が張り裂けそうなほど痛い。
　気を抜けば涙が溢れてしまいそうで、笑顔を保つのに必死だった。
　もしかしたら、私が思っている以上に、京ちゃんは私なんてどうでもいいのかもしれない。
　私を好きって言ってくれたのも、やっぱり幼なじみとしての好きで、それ以上の気持ちはないのかも……。
　京ちゃんは本当に、私のことを好きでいてくれているのかな……？

考えれば考えるほど悪い方向に行く思考を止めたくて、ぎゅっと目を瞑った。
「乃々？」
「……」
「どうかしたの？」
　心配そうに顔を覗き込んでくる京ちゃんの姿。
　もう京ちゃんが何を考えているのか、気持ちがわからなくて、自分がどうするべきなのかもわからなくなってしまった。
「ううん……なんでも、ない」
　聞けない……。
　私のこと、本当に好き？　……なんて。
　そんなことを聞いたら、きっと京ちゃんに重たいって思われちゃう……。
　うんざり、されちゃうっ……。
　これ以上、京ちゃんの私への気持ちが薄まってしまったら、捨てられる気がした。
　いや……もしかしたら、もう飽きられているのかもしれない。
　だとすれば、京ちゃんの言動に納得がいく。
　私に触れなくなったこと、会えない時間をなんとも思っていなそうなこと……。
　きっと、そうなんだ。
　京ちゃんは……もう、私のこと……。
　……っ。

「ほら、早く行こう乃々」

 京ちゃんの声に、うんっと頷いて後をついていく。

 寸前まで出かかっている涙を必死に堪えて、京ちゃんと学校に向かった。

 今日も京ちゃんが手を繋いでくれることはなく、学校について授業が始まってからも、私はずっと上の空だった。

 ダメだ……。今日、ずっと泣きそうで、これ以上京ちゃんのそばにいたくない。

 3限目の終わりを告げるチャイムが鳴った。

 次の授業は、体育。

「またあとでね、乃々」

「うんっ」

 体操服に着替えに、更衣室へ向かった京ちゃん。

 その背中が見えなくなったと同時に、私は急いで帰る支度をした。

 カバンを持って、トイレへと向かう。

 個室に入って、お母さんに電話をかけた。

 3コール目で、繋がった通話。

「……もしもし、ママ……?」

『乃々花? どうしたのこんな時間に?』

 電話越しに聞こえたお母さんの声は、私を心配してくれているような声色で、罪悪感が溢れてきた。

「あのね……今日、しんどくて……早退しても、いい?」

 体調が悪いわけでもないのに帰るなんて、私は悪い子だ

と思いながら、今はそれしか逃げ道がなかった。
　心の整理がつくまで……今は、京ちゃんといたくない。
　どうしても、1人になりたかった。
　そうじゃないと、教室でみっともなく、泣いてしまいそうだったから。
『あら？　熱でもあるの？　風邪？』
「……ううん……違うんだけど……そのっ、お家に、帰り、たくてっ……」
　ポツリポツリとしか気持ちを伝えることができなくて、涙で掠れている情けない声。
『……いいわよ、帰っておいで。お母さん、今日は17時には帰るから、家で休んでなさい』
　少しの沈黙のあと、お母さんから返ってきた返事に、ひどく安堵した。
「ありがとうっ……お仕事中に、ごめんなさい……」
『いいのよそんなの。乃々花がそんなこと言うの、珍しいじゃない。嫌なときは休むのが一番よ。気をつけて帰りなさいね』
「うんっ……」
　ありがとうお母さんっ……。
　心の中でそう呟いて、通話を切る。
　私はすぐに保健室に行って、早退届けを書いてもらい、学校を出た。
　はぁ……。
　京ちゃんがいない空間で、気が抜けたのかもしれない。

ポロリと、なんの前触れもなく涙がこぼれた。
　一度流れ始めた涙は止まることなく、ポツポツと地面に落ちていく。
　帰り道、人通りが少なくてよかった……。
　俯きながら、家までの道を歩く。
　自分がとても惨めな気がして、たまらなかった。
　家に着くと同時に、ポケットの中のスマホが震える。
　――プルルルルッ。
　……？
　画面を見ると、そこには【京ちゃん】の文字。
　……っ。
　どうして、電話なんて……。今、学校は授業中なはずなのに……。
　とっさに、着信を拒否してしまった。
　今はもう、京ちゃんの声を聞きたくない。
　大好きなあの声を聞いたらきっと、すごく情けないことを、言ってしまう気がしたから……。
　……あれ？
　よく見ると、着信の前にメッセージがいくつも届いていた。
　全部京ちゃんからのもので、その文面は全部、私を心配してくれているみたいだった。
【乃々今どこにいるの？】
【早退したって聞いたけど、大丈夫？】
【乃々、返事ちょうだい】

私の返事がなかったから、電話してきたのかな……？
　まだ心配してくれるだけの愛情は残っているんだと、複雑な気持ちになる。
　ごめんね京ちゃん……私、今は1人で、いろいろ考えたいよ……。
　そう思って、スマホの電源を切ろうとしたときだった。
　──ピロンッ。
【今からお見舞(みま)いに行くよ】
　……っ、え？
　今からって……学校は？
　そ、その前に、来るってどうして……！
　京ちゃんといたくなくて帰ってきたのに、困るよ……！
　慌てて文字を打って、返事を返した。
【平気だから来ないで】
　すぐに既読(きどく)マークがついて、ゴクリと息を呑む。
　返事を待っていると、画面が着信画面へと切り替わった。
　どうしよう……。
　もしかして、怒っているのかな……？
　でも、出たくないというのが本音で、じっと画面と睨めっこする。
　このまま無視したら、京ちゃんほんとに家に来るかもしれない……。
　それは困る……。
　意を決して、通話ボタンを押した。
「もし、もし……」

『乃々？　体調は平気？』
　いつもと変わらない声色。
　怒ってはいないようで、少しホッとする。
「平気だよ。心配させて、ごめんなさい……」
『怒ってないから謝らないで。今から乃々のうちに行くね』
　……っ。
「が、学校は？」
『俺も早退する。家に１人でしょ？』
「ダ、ダメだよ……！　私は大丈夫だから……！」
『俺が心配だから行きたいんだ』
　……な、に、それ……。
　私がいなくても平気なのに、どうしてそこまで心配してくれるの……？
　私には……京ちゃんの気持ちが、わからないよっ……。
「……や、やだ」
　咄嗟に出たのは、そんな言葉だった。
「お願いだから来ないでっ……。今、京ちゃんと会いたくないっ……」
　もう、やめて。
　優しい京ちゃんが大好きだけど、今はその優しさが痛い。
　そうやって私をもっともっと好きにさせるくせに、京ちゃんはきっと、これ以上私を好きになってはくれない。
　私１人で、考えて悩んで、ぐちゃぐちゃになって……そんなの、辛い。
『……どうして？』

理由を聞くところも、ずるいと思った。
　だって、なんて答えていいかわからない。
　本音をぶつけたら、京ちゃんは私を面倒な女だと思うに違いない。
　そんなの、絶対いやっ……。
　いや、なのに……。
『乃々、答えてよ』
　京ちゃんの声に、誘導されるかのようにゆっくりと口が開く。
「……京ちゃんは、私と会わなくても、別に平気なんでしょう……？」
　気づけば、そんな情けない言葉が溢れていた。
　あぁ、言っちゃった……。
　こんなことを思ってるって、京ちゃんにはバレたくなかったのに……。
『……どうしてそんなこと思うの？』
　続け様に飛んできた、そんな質問。
「……と、とにかく、会いたくないから、来ないで……っ」
　私はそれだけを言って、一方的に通話を切った。

「本当に、俺を煽るのが上手だね」＊side京壱

「……と、とにかく、会いたくないから、来ないで……っ」

プツリと、途切れた通話。

俺は急いでカバンを持ち、教室を飛び出した。

早退については、もう体育教師に伝えてある。

本来は保健室で早退届けをもらわなければいけないが、そんな時間はなかった。

『……京ちゃんは、私と会わなくても、別に平気なんでしょう……？』

乃々のあの声……泣いていた。

まさか、そんなことを思っていたなんて気づかなかった。

確かに、今日は朝からずっと浮かない顔だったし、何か思いつめているようにも見えた。

体育の授業が始まっても乃々が来ないから、学校中を探し回ったら、早退したと伝えられて……。

全力で走って、乃々の家に向かう。

乃々にねだってもらいたくて、試すようなことをしたけど……もしかしたら俺は、ひどく乃々を傷つけてしまったのかもしれない。

今1人きりの家で泣いているんだろうと思ったら、罪悪感に押しつぶされそうだった。

急いでいたので、いつもより早く乃々の家へとついた。

インターホンを押しても、応答はなし。

会いたくないと言っていたから、出てくれないだろうなとは思っていたけど……。
　かといって、ここで引き下がるわけにはいかない。
　俺は家の扉をノックして、あまり出すことはない大きな声で中にいるだろう乃々に呼びかけた。
「乃々！　入るよ！」
　そう言ってから、キーケースを取り出した。
　乃々は知らないだろうけど、俺はこのうちのスペアキーを持っている。
　もちろん合法……というか、乃々のお母さんから貰ったものだ。
　普段仕事で、家を空けることが多い乃々の両親。
　もし乃々に何かあったら……と、頼まれて渡されたもの。
　他人に鍵を渡すなんて普通はありえないだろうが、俺はそのくらい、乃々の両親の信頼を必死に積んできた。
　娘(むすめ)をもらう立場上、関係は良好でなければいけないから。
　そういえば、この鍵を使うのは初めてだ。
　そんなことを思いながら、玄関のドアを開ける。
　ガチャリと、扉の音に反応した乃々が、バタバタと走っている足音が聞こえた。
　２階からだ……乃々の部屋か？
　俺は一目散に乃々の部屋へと向かい、閉ざされた扉のドアノブに手をかける。
　……鍵がかかってるな。
　内鍵をかけたのか、拒絶するように閉ざされたドア。

「……乃々、聞こえる？」
　その問いかけに、返事はない。
「この状態でいいから、話がしたい」
「……お願い京ちゃん、今日は帰って……」
　扉越しに聞こえた声は、泣き声にしか聞こえなかった。
　やっぱり、泣いている。
「帰らない。聞いて乃々」
「……やだっ……」
「俺が、乃々を傷つけるようなことをしたんだよね？」
「……っ」
　図星か……。
　一応、乃々が悲しんでいる理由にはいくつか思い当たる節があった。
　当たり前だ……全部、意図的にしたことだから。
　乃々が俺のことで頭がいっぱいになるように、俺だけを求めてくるように……。
　でも、いったい何が乃々をここまで思いつめさせたのかがわからない。
　俺が会えない間連絡をいっさいしなかったことかとも思ったが、それなら朝の時点で気づいていたはずだ。
　朝一に会ったときはまだ、乃々はいつもの笑顔だった。
「謝るから、教えてほしい」
　このまま避けられでもしたら、たまったものじゃない。
　ただでさえ３日間も会えず、乃々が不足しているのに、これ以上は無理だ。

乃々が世界の中心である俺にとって、乃々に避けられることは死活問題になる。
　扉一枚の壁がもどかしい。
　このまま、突き破ってしまいたい。
「……」
「乃々、答えてくれないか？」
「……違う」
　違う？
「謝ってほしいなんて、思ってない……私、全然怒ってないよ……？」
　その言葉に、疑問がいくつも浮上した。
　だったら、どうして俺を拒むんだ……？
「乃々、何か理由があるなら——」
「ほ、ほんとに私、怒ってないから……もう……帰ってほしい……」
　追い討ちをかけるようなその拒絶の言葉に、冷や汗が頬を伝った。
　……まずい。
　本当にわからない。
　こんなことになるなら……変に試すようなことを、しなければよかった。
　別に、乃々の気持ちが俺に及ばなくたってよかったんだ。
　どんな形であれ、俺を"好き"と言って、恋人でいてくれるだけで、もうそれだけで十分だったのに……。
　貪欲になった過去の自分を、殺してやりたい。

このまま乃々に拒絶されて、別れを切り出されでもしたらどうしようと考えた。
　考えるだけで、奈落の底に突き落とされたような絶望に陥った。
「……乃々、お願いだから、話そう。頼む……」
　情けない言葉が、口から溢れる。
　格好つける余裕も、今は残っていなかった。
「話すことなんて……」
「乃々が好きだから、ちゃんと仲直りしたい。俺の何が気に障ったのか、全部教えて。全部直すから。乃々が嫌なところ、全部直す」
　プライドも何もかも、乃々の前ではあっけなく捨てることができた。
　それくらい、乃々に拒絶されることが何よりも嫌だったから。
　扉の向こうから、ズッと鼻をすするような音が聞こえる。
「うそ、つき……」
　……え？
「もう私のこと、好きじゃないでしょう……？」
　乃々……？
　いったい、何を言っているんだ？
　俺が乃々のことを好きじゃないなんて……そんなありえないこと……。
　乃々を好きじゃない俺なんて、もはや俺ではないのに。
「京ちゃんの好きと私の好きは……全然、違うよ……」

泣きながらそう話す乃々の言葉が、まったくもって理解できなかった。
　いや、俺と乃々の好きが違うというのは理解できるし、俺の気持ちのほうが何十倍も、いや、何億倍も上回っているだろう。
　でも、乃々の言い方はまるで……俺の気持ちのほうが軽いみたいな言い方だ。
「乃々？　どういう意味？」
「も、帰って……っ」
　完全に、俺と会話する気のない乃々の言い方に、俺はついにドアノブに手をかけた。
　もう手段を選んでいられない。
　早くこの誤解を解かないと、取り返しのつかないことになる気がする。
　乃々の声量からして、ドアから離れた場所にいるはずだ。
　……あんまりこんなこと、したくなかったけど、
　ドアノブを握る手に力を込めて、身体ごと強く押す。
　文字に起こせないような激しい音とともに、無理やり扉が開いた。
　簡潔に言えば、扉を壊した。
「……っ！」
　中に入った俺を見て、ベッドの上に座って丸まっていた乃々が大きく目を見開いた。
　その目元は真っ赤になっていて、どれだけ涙を流したのかを物語っている。

「ごめんね、こんな強引なことして……でも、ちゃんと話したくて」
「……っ、み、見ないで……」
　近づく俺を見て、乃々は急いで自分の顔を隠すように手で覆った。
　目の前まで近づいて、その手を掴む。
　ゆっくりと退かせると、涙で潤んだ瞳と目が合った。
　……俺が乃々にこんな顔をさせたんだと思うと、自身への怒りが湧き上がってくる。
「……ごめん、乃々」
　情けない。
　俺は乃々だけが大切なのに、その乃々を傷つけた。
　ベッドに座って、乃々の華奢な身体を、強く抱きしめた。
　俺の胸の中で、乃々は逃げようともがいている。
「ど、して……今更こんなことするのっ……？　私、惨めな気持ちに、なる……」
「惨め？」
「今、京ちゃんといたら、辛いっ……悲しい……っ」
「どうして……？」
　何が悲しくて辛いのか、教えてほしかった。
　俺が全部、払拭してあげるから。
　胸元が、ひんやりと冷たい。きっと乃々の涙で濡れているんだろう。
　服が濡れるのなんかどうでもいいから、今はこの涙を止めてあげたかった。

「京ちゃんは、私がいなくても、平気で……私ばっかり、京ちゃんのこと、好きみたい……っ」
　……え？
　何を言っているの、乃々……？
「好きなのも、会いたいのも、いつも私ばっかりで……辛いっ……」
　ぽつりぽつりとそう話す乃々の言葉を理解するのに、時間がかかった。
　私ばっかりって……それはつまり……。
　乃々は俺に、会いたかったってこと……？
　俺が思っている以上に、そう思ってくれてたの……？
「……俺だって、会いたかったよ」
　言葉にしてくれたことが嬉しくて、抱きしめる腕に力を込めた。
　想像以上に、嬉しすぎる……でも、心外だ。
　俺だって、乃々に会いたくて会いたくてたまらなかった。
　乃々が足りなくて、我慢できずに真夜中に会いに行こうとしたくらい。
「う、うそ……朝、言ったもん……」
　乃々は恐る恐る顔を上げて、頼りなく眉を下げながら俺を見た。
「4月〝しか〟経ってない、ってっ……」
　……っ。
　あぁ、その言葉が引っかかっていたのか。
　すべての謎が解けて、散り散りになっていた糸が繋がっ

た気がした。
「私はずっと、会いたくて、1日が、すっごく長く感じて……」
　少しずつ本音を吐露する乃々が、可愛くてどうにかなりそう。
「でも京ちゃんは……」
「ごめん乃々、違う」
　乃々の言葉を遮るように、口を開いた。
「俺、試してたんだ乃々のこと」
「っ、え……？」
　こんなかっこ悪すぎる種明かしはしたくなかったけど、それよりも、乃々を安心させてあげたい。
「いつも手を繋ぐのも抱きしめるのもキスをするのも俺からだったでしょ？　それにこの前、キスは嫌だって言ってたし。いつも俺ばかりが乃々を求めてる気がして……」
　口にすると、情けなさが浮き彫りになる。
「俺も乃々に、求められたかったんだ」
　話し始めたら、もう止まらなかった。
「だから、乃々からしてくれるのを待ってた。俺が乃々で頭の中がいっぱいなように、乃々も俺でいっぱいになればいいって思って、わざと触れなかったり、意地悪なこと言ったんだ」
　子供がするみたいに、口から溢れるのは必死な言い訳ばかり。
「ごめんね、こんな子供じみたことして……乃々のこと、

こんなにも泣かせちゃって……」
　そっと、片手を伸ばして乃々の頭に手を乗せた。
　久しぶりに撫でたその髪は相変わらずやわらかくて、綺麗で、愛しくて……。
　改めて、よくこの数日、乃々に触れずに耐えられたなと思う。
　ある意味褒めてほしいくらいだ……。もう今は、触れた手を離したくない。
「今の……ほ、ほんと……？」
　俺を見上げて、乃々がこてんと首を傾げた。
　不安そうなその瞳が、ただただ愛しい。
「全部本当だよ。俺は乃々が大好きで、できるなら四六時中そばにいたい。少しも離れたくないくらい」
　この気持ちが、そのまま伝わればいいのにと願いながら、そう言った。
「俺の気持ち……わかってくれた……？」
　乃々の顔を覗き込みながら、恐る恐るそう聞く。
　乃々は、顔をくしゃっと歪めて、俺にしがみついてきた。
「京ちゃんっ……」
　そう名前を呼んでくれる声に、もう拒絶の色は見えなかった。
「私も、ごめんなさいっ……」
　必死の言い訳の甲斐があって、どうやら俺の気持ちは、ちゃんと伝わったらしい。
　ホッと、胸をなでおろしたい気分になる。

よかった……自業自得だけど、このまま誤解が解けなかったらどうしようかと思った。
　もう、こんなすれ違いはごめんだな。
「悪いのは全部俺だから、乃々が謝る必要ないよ」
　これでもかと優しく、ガラス細工を扱うように撫でた。
「ううんっ……だって、私も、京ちゃんのこと不安にさせちゃったっ……」
　何度も左右に首を振って、一生懸命(いっしょうけんめい)伝えてくる乃々が愛しい。
「でも、ち、違うの……」
　……ん？
「京ちゃんとキス、するの……やじゃないっ……」
　突然のカミングアウトに、言葉を失う。
　そんな俺を置き去りに、乃々は言葉を続けた。
「嫌って言ったのは……キ、キスしたら、京ちゃんで頭いっぱいになって、変になる、から……」
　……っ、何を、言い出すんだ。
「ドキドキして、心臓が壊れちゃいそう、で……自分が怖くって……」
　キスは嫌だと拒絶した言葉に、そんな意味が込められていたなんて知る由もなかった。
「京ちゃんはキス、とか、こういうの、慣れてると思うけど……私は全部、京ちゃんが初めてだから……いっつも緊張して、どうしていいか、わからなくて……それで……」
　本当に嫌がっているんじゃないかとか、もう絶対にした

くないと言われたらどうしようとか、この数日真剣に悩んでいたのに……。
　なんだ、その可愛すぎる理由は……。
「でも、京ちゃんが手を繋いでくれなくなって、ぎゅってしてくれなくなって……もしかしたら、私に興味、なくなったのかもって思ったのっ……」
　目をうるうるさせながら一生懸命伝えてくる乃々に、可愛すぎて目眩がする。
　もうこのまま、この可愛さにやられてしまうんじゃないかと本気で危惧した。
「今日も、京ちゃんはもう私のこと……好きじゃないのかもって思ったら、悲しくて……でもそんなこと言ったら、面倒くさいヤツだって、思われないかって、考えたら、怖くなって……」
　そのときの感情を思い出したのか、我慢できずに泣いている姿に、こんな状況にもかかわらず煽られた。
　俺のことでぐちゃぐちゃになっている姿が、あまりにも可愛すぎたから。
「も、うんざりしたっ……？　こんなこと聞いて、呆れちゃった……？」
　ごしごしと手で涙を拭いながら、泣きじゃくっている乃々。
　……俺が乃々にうんざりしたり、呆れることなんて……あるはずがない。
「そんなわけ、ないだろ……っ」

加減することすら忘れて、乃々を胸に掻き抱いた。
　もう、ヤバい。
　乃々の発言すべてが、嬉しくて仕方なくて、こんな幸せなことがあっていいのかと思った。
「……嬉しすぎる」
「え……？」
「乃々って、そんなに俺のこと好きだったの？」
「……っ」
　乃々が、一瞬にして顔を真っ赤に染めた。
　その反応……煽っているだけだから……。
「ねぇ、言ってよ」
　ちゃんと口にしてほしいなんて、女々しすぎる自分の思考に寒気がする。
　でも、どうしても聞きたかった。
「……す、き……大好きっ……」
　小さな声で告げられた愛の言葉に、心臓が鷲掴みにされたような衝動に襲われる。
「はぁ……」
　息が苦しくなって、酸素を求めるように空気を吸った。
　愛しい、なんでこんなにも可愛いんだ。
　頭の中は乃々への感情で埋め尽くされ、この上ない幸せに包まれる。
　こんなにも幸せにしてもらったんだから、俺もちゃんと……言わなきゃいけない。
「俺も。好き、大好きだよ乃々。愛してる」

鈍感で自信がなくて、俺の愛に疎い乃々に……。
　俺がどれだけ、骨抜きにされているのかを。
「そんな心配しなくても、俺が乃々に飽きるとかありえないからね。俺は四六時中乃々が可愛くて仕方なくて、どんな乃々でも可愛くて愛しくて仕方ないよ」
　もう、一刻も早く婚約でもして、合法的に俺のものにしちゃいたいくらい。
　俺はいっつも、そんなことばっかり考えているんだよ？
　乃々はまったく、愛されている自覚がないみたいだけど。
「ほんと……？」
　不安げな瞳に見つめられて、優しく微笑んで見せた。
「本当だよ」
「ぜったい……？」
　あぁもう、どれだけ自覚がないんだろう。
　俺、これでもかってくらい甘やかして、愛を注いできたつもりなんだけど……。
「絶対」
　けど、そんなところも愛しい。
「……もう1回、好きって……言ってほしい……」
　上目遣いでねだられて、ごくりと息を呑んだ。
　そんな可愛いお願いなら、いくらだって聞いてあげる。
「何回でも言ってあげる。……好きだよ乃々。俺だけの乃々」
　さっきは力任せに抱きしめてしまったから、今度は優しく、包み込むように抱きしめる。
「好き……もう全部好き。好きじゃないところなんて1つ

もないくらい、乃々の全部が大好き」
　俺には本当に、乃々だけなんだよ。
　誇れるものも譲れないものも、守りたいものも……。
　……独り占めしたいくらい、夢中になれるのも。
「京ちゃんっ……」
　甘えるように名前を呼んで、抱きしめ返してくれる乃々。
「う、ぅっ……もう、このまま飽きられちゃったら、どうしようかと思った……っ」
「不安にさせてごめんね。これからは、乃々が不安になる暇もないくらい、好きって伝えるから」
「わ、私も……京ちゃんに、いっぱい好きって伝える……」
「ありがとう」
　あー……本当に、よかった。
　さっきまではどうなることかと不安しかなかったけど、俺に都合のいいこんな展開は予想していなかった。
　傷つけてしまったことは事実だし、こんなふうに泣かせてしまったことは申し訳ないけど……。
　夢のような言葉がたくさん聞けたから、駆け引きをした甲斐は十二分にあった。
　すりすりと、頬を擦り寄せ甘えてくる乃々をじっと見つめる。
「ふふっ、あー可愛い……」
　可愛すぎて、永遠に見ていられるな……。
　そう思っていると、突然乃々が顔を上げた。
　今度は逆に、俺がじーっと見つめられる。

「……」
「……? どうしたの?」
　何か言いたげな瞳にそう問いかけると、乃々は恥ずかしそうに口を開いた。
「……もっと、ぎゅってしてほしい……」
　……っ。
　"乃々に求められた"という事実に、全身が歓喜と興奮で打ち震えた。
「……うん」
　そんな返事を返すのが精一杯で、覇気(はき)のない声とは裏腹に、腕に強い力を込める。
　……実際にねだられると、ヤバいな。
　可愛さの破壊力が、とんでもない。
「えへへっ……」
　嬉しそうに笑う姿が、また俺をいたずらに刺激する。
　嬉しさやら愛しさやらで、心臓が痛いくらいだった。
　……と、思っていたら、また何か言いたげにじーっと視線を向けてくる乃々。
　今度はなんだろう……?
「ふふっ、どうしたの?」
「……あのね」
「うん?」
「……キ、キス……」
「え?」
「……して、ほしい……」

……今、なんて言った？
　キスして……とか、言わなかったか……？
　俺の幻聴(げんちょう)？
　一瞬そう疑ったが、顔を赤らめながら俺を見ている乃々の姿に、息が止まる。
「……本気で言ってるの？」
　俺に気を使ってとかじゃなくて……？
　乃々が自分で、俺とキスがしたいって言ってる……？
「キス、嫌じゃない？」
　確認するように聞くと、乃々が首を何度も縦に振った。
「恥ずかしいけど……したい……」
　……っ。
「乃々は本当に、俺を煽るのが上手だね」
　ゆっくり、優しくしてあげたいのに、身体が言うことを聞かない。
　俺は強引に乃々の顎を掴んで、自分の唇を押し付けた。
　まるで"待て"ができない犬みたいだと思いながらも、止められなかった。
「……んっ」
　ただでさえ、もう理性の糸が切れてしまいそうなのに、乃々から漏れる声に目眩がするほど煽られる。
「ダメだ……止められない……」
　自分勝手なキスに、どうにか歯止めをきかそうと思ったとき、乃々がキスの合間に言った。
「止めなくても、へーきっ……」

……く、そっ……。
　もう、乃々は俺をどうしたいんだ。
　勘弁してくれ……これ以上好きになったら、俺はもう、自分がどうなるのかもわからない。
「そんなこと言ったら、もっとすごいことされちゃうよ？」
　調子に乗って、そんなことを言ってしまう。
「すごい、こと？」
「大人のキス」
「大人の、ちゅー……？」
　きょとんとする乃々に、はぁっと息が溢れた。
　なんだか、悪いことを教えている気分になるけど……少しずつ乃々が俺色に染まっていくようでたまらない。
「……乃々、口開けて」
　俺の言葉に、乃々は疑うことを知らない瞳で首を傾げた。
　そのまま、素直に口を開く。
「……？　あ、あー」
「鼻で息してね……」
「え？　どういう……んっ……んんっ」
　乃々の言葉も待たずに、俺は乃々の小さな舌に、自分の舌を絡めていく。
　あっまい……っ。
「きょ、ちゃ……」
　乃々の声も、舌も、唇も、全部が甘すぎて目眩がする。
　もうこのまま全部食べてしまいたいなと、一瞬本気で思った。

「乃々……可愛い」

「ふ、ぁっ……」

「口閉じないで」

　初めての深いキスに戸惑っているのか、驚いて口を閉じようとする乃々に優しく囁く。

　俺の言葉を素直に聞いて、一生懸命口を開ける乃々が、最高に可愛かった。

　中毒に、なりそう……。

　そう思うほどの甘い口づけに、本格的に歯止めがきかなくなってきた。

　だけど、うまく息ができないのか、苦しそうな乃々を見て、俺は強く拳を握り自分の手に爪を立てる。

　痛みでもなければ、もう自制がきかなかった。

　少しだけ我に返った瞬間に、理性をフル稼働させて唇を離した。

　……こんなに歯止めがきかなくなるなんて、まずいな。

　気をつけないと、乃々の意識が飛ぶまでキスしてしまいそうだ……。

「はっ、はぁっ……」

「ごめんね……平気？」

「ん……へーきっ……」

　心配する俺に、へにゃりと力の抜けた笑顔を向ける乃々。

　潤んだ瞳、紅潮した頬、そしてとろけた表情でそれをやられて、思わず自分の顔を押さえた。

　抑えろ、堪えろ、俺……。

愛読者カード

お買い上げいただき、ありがとうございました！
今後の編集の参考にさせていただきますので、
下記の設問にお答えいただければ幸いです。よろしくお願いいたします。

本書のタイトル（　　　　　　　　　　　　　　　　　　　　　　　　　　）

ご購入の理由は？　1.内容に興味がある　2.タイトルにひかれた　3.カバー（装丁）が好き　4.帯（表紙に巻いてある言葉）にひかれた　5.本の巻末広告を見て　6.ケータイ小説サイト「野いちご」を見て　7.友達からの口コミ　8.雑誌・紹介記事をみて　9.本でしか読めない番外編や追加エピソードがある　10.著者のファンだから　11.あらすじを見て　12.その他

本書を読んだ感想は？　1.とても満足　2.満足　3.ふつう　4.不満

本書の作品をケータイ小説サイト「野いちご」で読んだことがありますか？
1.読んだ　2.途中まで読んだ　3.読んだことがない　4.「野いちご」を知らない

上の質問で、1または2と答えた人に質問です。「野いちご」で読んだことのある作品を、本でもご購入された理由は？　1.また読み返したいから　2.いつでも読めるように手元においておきたいから　3.カバー（装丁）が良かったから　4.著者のファンだから　5.その他（　　　　　　　　　　　　　　　　　　　　　　　　）

1ヵ月に何冊くらいケータイ小説を本で買いますか？　1.1～2冊買う　2.3冊以上買う　3.不定期で時々買う　4.昔はよく買っていたが今はめったに買わない　5.今回はじめて買った

本を選ぶときに参考にするものは？　1.友達からの口コミ　2.書店で見て　3.ホームページ　4.雑誌　5.テレビ　6.その他（　　　　　　　　　　　　　　　）

スマホ、ケータイは持ってますか？
1.スマホを持っている　2.ガラケーを持っている　3.持っていない

学校で朝読書の時間はありますか？　1.ある　2.今年からなくなった　3.昔はあった　4.ない

ご意見・ご感想をお聞かせください。

文庫化希望の作品があったら教えて下さい。

学校や生活の中で、興味関心のあること、悩みごとなどあれば、教えてください。

いただいたご意見を本の帯または新聞・雑誌・インターネット等の広告に使用させていただいてもよろしいですか？　1.よい　2.匿名ならOK　3.不可

ご協力、ありがとうございました！

郵便はがき

お手数ですが切手をおはりください。

104-0031

東京都中央区京橋1-3-1
八重洲口大栄ビル7階

スターツ出版(株)　書籍編集部
愛読者アンケート係

(フリガナ)
氏　名

住　所　〒

TEL　　　　　　　　　携帯／PHS

E-Mailアドレス

年齢　　　　　　　　　性別

職業
1. 学生 (小・中・高・大学(院)・専門学校)　　2. 会社員・公務員
3. 会社・団体役員　4. パート・アルバイト　　5. 自営業
6. 自由業 (　　　　　　　　　　　　　　　　) 7. 主婦　8. 無職
9. その他 (　　　　　　　　　　　　　　　　　　　　　　　　)

今後、小社から新刊等の各種ご案内やアンケートのお願いをお送りしてもよろしいですか?
1. はい　2. いいえ　3. すでに届いている

※お手数ですが裏面もご記入ください。

お客様の情報を統計調査データとして使用するために利用させていただきます。
また頂いた個人情報に弊社からのお知らせをお送りさせて頂く場合があります。
個人情報保護管理責任者:スターツ出版株式会社 販売部 部長
連絡先:TEL 03-6202-0311

もう今日は、これ以上がっつくわけにはいかない。
　たくさん泣かせた分、これからは乃々のペースでゆっくり距離を縮めていきたいから……破滅級な可愛さだけど、堪えるんだっ……。
「……京ちゃん？　ど、どうしたの……？」
「ん？　……なんでもないよ」
　グッと堪えている俺を見て、心配してくれる乃々に慌てて笑顔を見せた。
「ねぇ京ちゃん……」
　……ん？
　名前を呼ばれたと同時に、手を握ってきた乃々。
　握った俺の手を、自分の頬に当てる。
「これで、仲直り……えへへ……」
　これでもかというくらいの満面の笑みに、俺はもう片方の手で頭を抱えた。
「……？　きょ、京ちゃん……？」
「……無理、可愛すぎてもう無理だ……」
「か、かわ……？　え？」
「心臓痛い……死にそう……」
「死……!?　よくわからないけど、死んじゃダメっ……！」
　俺が乃々に敵う日はきっと来ないだろうと、改めて思い知らされた日だった。

04＊不安と嫉妬

「ごめん、撫でるだけじゃ足りなかった」

　京ちゃんと仲直りした日から、毎日仲良く過ごしていた。
　毎日のように『好きだよ』と伝えてくれる京ちゃんに、最近は愛されているという実感が湧いてきて、少しずつ恋人らしくなっている気がする。
　そんなある日。いつものように２人で下校し、家に帰宅した。
　今日は珍しく、お母さんが家にいる日。
　……あれ？
　玄関に入ると、見慣れない靴が並んでいて、不思議に思いつつリビングに行くと、キッチンに立つお母さんの姿が目に入る。
「ただいまっ……」
「乃々花、おかえりなさい」
　すぐに気づいて返事をくれたお母さんに駆け寄った。
「誰か来てるの……？」
　そう聞いたのと、ほとんど同時だった。
「あら、乃々花ちゃん！？」
　背後から名前を呼ばれて、慌てて振り返る。
　そこにいたのは……。
　……見覚えがあるけれど、名前が思い出せない女の人。
　えっと……確かお母さんと同い年で、昔近所に住んでいたような……？

「大きくなったわねぇ!?　相変わらずお人形さんみたいに可愛い……!」
　私を見て、興奮した様子のその人に、私もぺこりと頭を下げて挨拶をする。
「お、お久しぶりですっ……」
　名前覚えてなくて、ごめんなさい……!と、心の中で呟いた。
「ふふっ、全然擦れてなさそう。こんないい娘に育って羨ましいわぁ。うちの子とは大違い!」
「羽山(はやま)さん家の息子さんも、高校生だったかしら?」
　そう返事をしたお母さんの言葉に、ハッと思い出す。
　そうだっ、羽山さん……!
　私が小学生の頃は、よくお菓子(かし)を持って家に遊びに来てくれた。
　うわぁ……!　懐かしいなぁ……。
　思い出に浸る私をよそに、会話を繰り広げている２人。
「もう高校２年なんだけどねぇ、遊んでばっかりなのよー。お店の手伝いはしてくれるんだけど……」
「いい子じゃない!」
「まぁ助かってはいるんだけど。人手不足だからねぇ……」
「そうなの?」
「高校３年生の子たちが受験で一気にやめちゃってね……年明けから修羅場(しゅらば)よ……」
「大変ね……あ、そうだ。よかったらうちの子使ってやって」
「へ?」

突然私が話題に入り、思わず間抜けな声が出る。
「乃々花アルバイトしてみたいって言ってたじゃない」
　わ、私っ……？
　話を振られて、ぱちぱちと瞬きを繰り返した。
　確かに、前にそんな話はしたけど……。
　高校に入ってから、よくアルバイトについての話をお母さんとしていた。
　……といっても、別にお金に困っているわけじゃない。
　毎月、お母さんからおこづかいを貰っているけど、半分も使うことはなく、貯金している。
　とくに欲しいものが、あるわけでもない。
　いつも遊びに行くときや何かを買うときは、必ず京ちゃんが買ってくれていた。
　もちろん自分で払うと何度も言うけど、京ちゃんは私にお財布を出させてくれないんだ……。
　だから私も、いつか自分で稼いだお金で、京ちゃんに何かプレゼントしたいって、思っていた。
　アルバイト、か……。
「ほんとに……！？　もしそうしてくれるなら、すごく助かるんだけど……」
　キラキラと目を輝かせて、私を見る羽山さん。
　今更無理です、と言える空気でもなく、私も興味はあったので、こくりと頷いた。
「え、えっと、私でよかったら……」
「もちろんよー！　乃々花ちゃんが来てくれるなら安心だ

わぁ……!」
　ガッツポーズをして喜ぶ、パワフルな羽山さん。
　あれよあれよという間に話は進んで、早速明後日から働かせてもらうことになった。
　京ちゃんにも、言っておいたほうがいいよね……。

　次の日の朝。学校に向かって歩いているときに、私は話を切り出した。
「あのね、じつはアルバイトをすることになったの」
「……バイト?」
　繰り返した京ちゃんの声色はいつもより少し低くて、表情も明るいものではなかった。
「どうして?　お金には困ってないでしょう?」
「えっと……人生経験……?」
「そんなの必要ないよ。まだ学生なんだから、学生の本分は勉強でしょ?」
　どうやら、私のバイトには少し反対らしい。
　京ちゃんの正論に、うっ……と言葉が詰まった。
　で、でも、京ちゃんだってお父さんの会社のお手伝いしてるのに……。
　それに少し前、京ちゃんも人生経験って言って、カフェのアルバイトしてたはず……。そう思ったけど、口には出さずにぐっと堪える。
「でも、もう決まっちゃったの……お母さんがお世話になってる人のお店なんだけどね、家からも近いカフェで、綺麗

なところなんだよ？」
　なんとか説得しようと試みるも、京ちゃんの表情は変わらない。
「理由がないなら、バイトなんてする必要ないと思う。それに、学期末試験もあるでしょ？　何より、乃々が心配だから……」
「い、1ヶ月だけだよ？　私、きっと世間知らずだから、一度アルバイトしてみたかったの。テスト勉強はいつもどおりちゃんとするし、頑張るから……」
　じっと京ちゃんを見つめて、最後のひと押し。
「ダメ……？」
　最近気づいたことがある。
　京ちゃんは、私のお願いに弱いらしい。
　いつもお願いをすると、喜んで聞いてくれる。
　今日はちょっと、不本意そうだけど……。
「1ヶ月だけなら……」
　なんとか説得に成功し、心の中でガッツポーズをした。
　よかった……。
　ホッと安心したのもつかの間、京ちゃんが真剣な表情で口を開く。
「でも、約束して。まず、変な客がいたら、絶対に俺に言うこと。従業員も。……とくに男には気をつけて。それと、心配だから男とはあんまり喋らないこと。あと、バイトのときは俺が送り迎えする。帰りはとくに危ないから、絶対に1人で帰らないこと。俺に用事があって行けないときは、

うちの使用人に車を出させるから。……約束できる？」
　たくさんの約束を提示されて、頭がいっぱいになった。
「え、えっと、そんなに心配しなくても、家から15分くらいの場所だよ……？」
　それに、いっつも言っているけど、私に声をかけるような男の人なんて、いないのに……。
「約束できないなら、俺は反対かな」
　その言葉に、心臓がどきりと飛び跳ねる。
　そ、それはダメっ……！
「や、約束するっ……」
　すぐに返事をして、こくこくと頷いた。
　スッ……と、京ちゃんの手が伸びてくる。
「……ん、いい子」
　私の頭をそっと撫でて、私が大好きな優しい笑みを浮かべる京ちゃん。
　大好きが溢れて、胸がぎゅっと締め付けられた。
「京ちゃん……もっと撫でて……」
　甘えるように見つめると、京ちゃんの喉がごくりと動いたのがわかった。
　ぴたりと、撫でてくれていた手が止まる。
　……え？
　もうしてくれないの……？
　寂しさを感じて、視線を下げたとき。
「んっ……」
　唐突に、京ちゃんが顔を近づけてきて、唇を奪われた。

……っ。
　ここ、通学路なのにっ……。
　周りに人がいなかったから、まだよかったけど、突然すぎるよ……！
　驚いて京ちゃんの顔を見れば、いたずらっ子のように笑っている。
「ごめん、撫でるだけじゃ足りなかった」
　っ、うっ……。
　京ちゃんの笑顔の眩しさに、もちろん私は何も言えなくなってしまった。
　かっこいいって、ずるい……。

　そうこうしているうちに、あっという間にバイト初日がやってきた。
　私はドキドキしながら支度をして、迎えに来てくれた京ちゃんとバイト先のカフェへと向かう。
「乃々、俺との約束覚えてる？」
「うん……！」
「本当に気をつけるんだよ？」
　過保護すぎる気もするけど、心配してくれるのは素直に嬉しかった。
　こういうとき、大切にされているんだなぁとひしひしと感じる。
　京ちゃんに心配かけないように、１ヶ月間頑張ろう。
　頑張って稼いだお給料で、京ちゃんに日頃のお礼ができ

たらいいな……。もちろん、お母さんとお父さんにも。
「送ってくれてありがとうっ」
「帰りも迎えに来るから、頑張ってね。何かあったらすぐに電話するんだよ？」
「ふふっ、うん！」

　カフェについて、京ちゃんとバイバイする。
　京ちゃん、すっごく不安そうな顔してたなぁ……。私、そんなに働けなそうに見えるのかな……？
　な、なんだか急に不安になってきた……。
　そう思いながらも、羽山さんから教えてもらったとおり、裏口からカフェに入る。
　中に入ってすぐ、事務室のような場所で仕事をしている羽山さんが見えた。
「あの……百合園です、お疲れさまですっ……」
「あら乃々花ちゃん！　早かったわねぇ」
　快く迎えてくれた羽山さんに、笑顔を返した。
「来てくれてありがとう、本当に助かるわぁ！　今日から１ヶ月、よろしくね乃々花ちゃん」
「こちらこそ、よろしくお願いします……！」
　不安もあるけど、せっかく働かせてもらえるんだから、役に立てるといいな……。
「早速、これに着替えてもらえるかしら？」
「はいっ」
　更衣室に行って、羽山さんからもらった従業員の服に着替える。

わっ……可愛い……！
まるで、洋風のメイド服みたい。
ロングスカートの真っ白のワンピースに、薄い水色のエプロン。
しとやかさの中に、フリルを散りばめて可愛さもプラスされている。
こんな制服を着て働けるなんて、とっても素敵っ……。
でも、私には可愛すぎる気がする……。
恐縮しながらも制服に着替えて、羽山さんの元に戻る。
「あ、あの、着替えました……」
「あら！」
私を見て、まんまるに目を見開いた羽山さん。
「制服、とっても似合ってるわっ！」
「可愛い！」と絶賛してくれる羽山さんに、お礼を言った。
お世辞でも、照れてしまう……。
「あ、ありがとうございますっ……」
「ふふっ、うちの看板娘ね！　今日はまず、一通りの説明をするわね。急に接客しろなんて言わないから、肩の力は抜いてね」
あ……よかった……。
初日から接客をすると思っていたから、肩の荷がおりてほっとする。
でも、早くお仕事できるように、頑張らなきゃ……！
「それじゃあ、早速説明は……」
羽山さんがそう言いかけたと同時に、ガチャリと裏の入

り口の扉が開いた音がした。
　他のスタッフさんが来たのかな……？
「あ、ちょうどいいわ。あの子に任せようかしら」
　え？
「大輝（だいき）！　ちょっと来てちょうだい！」
　裏口のほうを向いて、そう叫んだ羽山さん。
　すると、奥から気だるそうに男の人が歩いてきた。
「何？　先に着替えたいんだけ……ど……って、え？」
　ぽりぽりと頭をかきながらやってきたその人は、なぜか私を見て、ピタリと動きを止めた。
　……？　ど、どうしてこっちを見ながら、固まってるんだろう……？
　……あっ！
「は、はじめましてっ……、今日からお世話になります、百合園乃々花ですっ……」
　新入りだから、驚いているのかも……！
　そう思って、慌てて挨拶をする。
　けれど一向に反応を見せないその人は、ぼーっとこちらを見たまま。
　え、えっと……？
　どうしていいかわからず、とりあえず笑顔を浮かべてみせた。
「……っ」
　男の人の顔が、なぜか赤く染まっていく。
　……？

本当に、どうしたんだろう……？
　さすがに心配になって、「大丈夫ですか……？」と聞こうとしたとき、ようやくその人はハッと我に返った様子で口を開いた。
「……あ、ごめん。……どうも、羽山大輝です」
　……羽山？
　もしかして、この人……。
「ちょっと、なに見惚(みと)れてんのよあんた」
「っ、は？　デリカシーなさすぎだろクソババア」
「親に向かってクソババアとは何よ‼」
　……羽山さんの、息子さん？
　ぽけーっと、２人の会話を見守る。
　……わっ。確かに、鼻すじや目がそっくり……！
「はぁ……相変わらず可愛くない子ね。ごめんね乃々花ちゃん、見苦しいところ見せちゃって」
「い、いえ……！」
「この子、あたしの息子の大輝っていうの。乃々花ちゃんの１つ上になる年よ。仲良くしてやってね」
「こ、こちらこそっ……」
　１つ年上、かぁ……。
　ちらりと、羽山さんの息子さんを見る。
　明るい髪色に、程よく焼けた肌。
　ピアスをいくつか開けているけど、柄が悪いというより、お洒落(しゃれ)な人のように思えた。
　大人っぽいから、大学生くらいだと思ったけど……私と

1つしか変わらない年齢(ねんれい)なんだ。

　でも、そんなこといったら、京ちゃんも随分大人っぽく見えるよね。

　制服を着ていなかったら、高校生だってきっとわからないもん。

「羽山さん、こんにちはー！」

　京ちゃんのことを考えていたら、再び裏口が開く音と、従業員さんらしき人の声が響く。

「祐希(ゆうき)ちゃん、お疲れさま」

　羽山さんの言葉に「はーい」と返して、こちらへ歩み寄ってきたその人。

　中性的な見た目をしている、綺麗な女の人だった。

　その人は、私に気づいて、じーっと視線を向けてくる。

　なんだか今日は、人にまじまじと見られる日だっ……。

「……あれ？　このお人形さんなんですか？　っていうかもしかして人間？」

「えっ」

　お、お人形さん……？

「うわ、人間だ。え、超美人じゃん！」

「あ、あの……」

「声も超可愛いんだけど」

　こ、この人、誰に言っているんだろう……？

　私の顔を見ているけど、私に該当(がいとう)しない発言ばかりを繰り返すその人。

　少し価値観の変わった人なのかもしれない……と、怯え

てしまった。
　そんな私を見ていた羽山さんが、さっと私たちの間に入ってくれる。
「今日から１ヶ月、アルバイトに入ってくれる乃々花ちゃんよ」
「え？　こんな可愛い子入ってくるの？　眼福(がんぷく)だわ」
「ふふっ、でしょう？」
　……？
　可愛いって……きっと、私のほうが年下だから、子供っぽいって意味だろうな。
　祐希ちゃんって呼ばれている人、すごく綺麗で大人っぽいからっ……。
「はじめまして、乃々花ちゃん！　えっと、何年生になるの？」
「高校１年になります……！」
「あ、じゃあ、あたしの１個下だ！」
　……え？
　こ、この人も、２年生……？
　ぜ、全然見えない……すごく大人っぽい……！
「西(にし)祐希です。あたしのことは祐希って呼んでね！　あ、祐希お姉ちゃんとかでもいいよ！」
　なぜか興奮気味に言ってくる祐希……さん、に苦笑いを返す。
「さ、今日もいっぱい働いてもらうわよ！」
　にっこりと、羽山さんが笑顔でそう言った。

「祐希ちゃんきてくれたし、説明は同性の祐希ちゃんのほうが適任？」
「……俺がする」
　何か言おうとした羽山さんの言葉を、息子さんが遮る。
「あら」
「あれあれ？」
　羽山さんと祐希さんが、にやにやと意味深な笑みを浮かべて私と息子さんを交互に見ている。
　……？
　なんだろう、この空気……。
「自分から名乗り出るなんて、珍しいじゃない」
「…………西はまだ入ってそんなに長くないし、俺が教えたほうが効率いいだろ」
　3人にしかわからない何かがあるらしく、私は置いてけぼり状態だった。
「そ〜ぉぉ？　なら任せようかしらぁ？」
「あらま、大輝っちに恋の予感？」
　羽山さんと祐希さんの言葉に、首を傾げる。
　今、なんの予感って言った……？
「お前ら……西は早く着替えてホール入れ！　ババアはとっとと経理の仕事しろ！」
「もぉ、照れちゃって〜」
「……ちっ。……あー……、説明するから移動ずんぞ」
「あ……は、はい！」
　結局何を話していたかはわからないまま、息子さんにつ

いていく。
　しっかり説明聞かなきゃ……と思い、持ってきていたメモとボールペンを取り出した。
「あー……じゃあ最初は仕事内容っていうより、この店の説明から始める」
「はい、お願いします」
　息子さんは、お店のコンセプトや、こだわりのインテリアなどを説明してくれたあと、メニュー、注文の取り方に関してまでしっかり教えてくれた。
　忘れないように、メモを取るのに必死な私に合わせ、ゆっくり話してくれる。
　すごくありがたくて、優しい人なんだなぁとぼんやり思った。
「うちは時代遅れかもしれないけど、注文取るとき、電子機器使わないから。全部手書き。キッチンに伝えるときも読み上げて」
「はいっ」
「これ、メニューと読み上げの通称書いてあるから、1枚持っとけ」
「ありがとうございます」
　アルバイトって、どんなものか想像もつかなかったから、すごく不安だったけど……。
　教えてくれる人がいい人で、よかった……。
「どう乃々花ちゃん、順調？」
「あっ、羽山さん……！」

私の様子を見にきてくれたのか、優しく声をかけてくれた羽山さん。
「大輝の教え方、わかりにくかったら言ってね？」
「おい、息子に対して失礼だろ」
　２人の会話に、思わずくすりと笑ってしまう。
「ふふっ……とってもわかりやすく教えていただいてます」
　笑顔でそういうと、親子そろって、私を見ながら固まってしまった。
　……あ、あれ？
　何かおかしなこと、言ったかな……？
「……乃々花ちゃん、ほんっとうに可愛いわねぇ……おばちゃん見惚れちゃったわ」
「……え？」
「はぁ、こんな可愛い娘がいて、百合園さんが羨ましいわぁ」
　独り言のようにつぶやく羽山さんに、なんだかくすぐったい気持ちになる。
　私は可愛くはないけれど、褒められると嫌な気持ちはしなかった。
「乃々花ちゃんがうちの娘になってくれたらいいのに……」
　なぜか、ちらちらと息子さんのほうを見ながらそう言う羽山さん。
「おい、そういうのやめろって」
「なーによ照れちゃって！　さっきからデレデレしっぱなしなくせに」
「まじでやめろ」

何か口論をしているみたいだけど、至って楽しそうに見えて、2人の仲のよさがうかがえた。
　羽山さんは「何かあればいつでも呼んでね」と言い残して、事務室に戻っていく。
「お母さんと、仲良いんですね」
　私の言葉に、息子さんはあからさまに嫌そうな顔をした。
「全然そんなことない。超口うるさいし」
「ふふっ」
　ケンカするほど仲がいいっていうのかな……。
　羽山さんも、息子さんのことを、とっても信頼しているみたいに見えた。
「ていうかなんか悪い……、うちの親悪ノリ多くて」
「悪ノリ……？」
　なんのことだろう……？
「娘になってとか、どうとか……」
　私から視線を外して、どこか気恥ずかしそうに言う息子さんに首を傾げる。
　どこに恥ずかしがるポイントがあったんだろう……？
　全然、悪ノリなんて思わないのに。
　むしろ……。
「いえ、そんなふうに言ってもらえるなんて、嬉しいくらいですっ」
　とっても優しい人だと思うもんっ……。
「お前、意味わかってないのか？」
「意味？」

04＊不安と嫉妬 >> 185

「いや、わかってないならいい」
「ど、どういう意味ですか？」
　話を終わらせようとする息子さんに、慌てて聞き返した。
　私、話噛み合ってなかったのかな……？
　心配でじっと息子さんを見る私に、ふっと意味深な笑みが降ってくる。
「秘密」
　そう言って、息子さんは「次、店周りの説明すんぞ」と歩き出した。
　な、なんだか、誤魔化された気がしたけど……。
　まぁいっか……と思って、後ろからついていった。
「でも、お前ってほんと……」
「……？　なんですか？」
「……いや、なんでもない」
　何か言いかけた息子さんに、さらに頭の上にははてなマークが並ぶ。
　さっきから、どうしたんだろう……？
「ていうかさ、天然ってよく言われるだろ？」
　……え？
　て、天然？
「い、言われたことないですっ……」
　初めて言われたその言葉に、首を左右に振った。
　息子さんは振り返って、驚いた表情をしながら私を見る。
「まじで？　ド天然って感じするけど」
　ド、天然？

わ、私が……？
「……それって、どういうことですか……？　天然じゃない人は、養殖って言われるんですか？」
「……は？」
　言っている意味がわからなくて質問をすると、息子さんがまるで何を言っているんだと言わんばかりの表情を返してきた。
　わ、私がバカだから、わからないの……？
　だって天然って……人間にも、天然とか養殖とか、あるものなの？
「羽山さんはどっちですか？」
　気になってそう聞くと、息子さんが吹き出した。
「……ふっ、なんだよ養殖って」
　堪えきれないという表情で、笑い出す息子さん。
「ははっ、おかし……、ぶはっ」
　え、ええっ……。
　どうして笑われているのかわからなくて、困ってしまう。
「そういうのを、天然っていうんだよ！」
　そういうのって……？　もう、全然わからないや……。
　考えることを諦めた私と、笑い尽きたのか「はぁー」と大きく息を吐く息子さん。
「あー、天然なヤツって段取り悪いから、面倒なんだよなぁ」
「えっ……！」
　そ、そうなの……？
「が、頑張ります……！」

「ふっ、そうして」
　両手を胸の前でぎゅっと握って心意気を見せると、再び笑われてしまう。
「つーか、羽山さんだとわかりづらいだろ」
「え？」
　……あっ、そっか、私がお母さんの羽山さんのことも、息子さんのことも同じ呼び方にしたら……確かに、ごちゃごちゃになってしまいそう。
「……大輝でいい」
　ぽそり、と、小さな言葉で呟いた息子さん。
　名前で呼んでいいってことかな……？
　そのとき、ふと思った。
　私は出会ってからずっと、京ちゃんのことを京ちゃんと呼んでいて、京壱って呼んだことは一度もない。
　男の人の知り合いも、新川先輩以外できたことがないから、男の人を名前で呼ぶのは、初めてだなぁ……。
「えっと……大輝、さん？」
　私がそう呼ぶと息子さん……もとい、大輝さんはぽりぽりと頭をかいた。
「ん」
　この返事は多分、"それでいい"って意味なんだろう。
「俺も……いや、今は百合園って呼ぶわ」
　今は……？
　相変わらず、大輝さんの言っていることはよくわからなかったけど、とくに希望はなかったので、私はこくりと頷

いた。
「改めて、これからよろしく」
「は、はいっ、こちらこそよろしくお願いしますっ……！」
　こういうのって、"バイト仲間"っていうのかな……？
　ドラマで見た、そんな呼び名の関係。
　私はまだ新米で、仲間なんて呼び方はふさわしくないかもしれないけど……。
　大輝さんや、そして祐希さんとも、いい関係を築けたらいいなと思った。
　迎えるまでは不安ばかりだったバイト初日は、とっても楽しい思い出になった。

「心配で俺がどうにかなりそう」＊side京壱

　乃々が、バイトを始めると言い出した。
　本人曰く、社会勉強がしたいらしい。
　今までそんなことは言っていなかったし、突然のことに、もちろん驚いた。
　本当は、絶対にやめさせたかったけど……。
『……ダメ？』
　乃々にあんなふうに頼まれて、断れる男なんてこの世に存在しないだろう。
　いや、頼まれる男が存在した時点で、俺が抹消するんだけれど……。
　結局反対しきれずに、たくさんの約束と引き換えに許してあげた。
　日曜日の今日も、朝からお昼までシフトが入っている。
　今まで乃々の休日は、俺のものだったのに……。
　そんなことを思って、バイト先への嫉妬を隠しきれずにいた。
　乃々のシフトは、週4日。1日4時間程度らしい。
　つまり乃々のバイト先は、週に16時間ほど乃々の時間を拘束することになる。
　時給は、900円だ。
　……ありえない。
　乃々の時間を900円で買うなんて、ふざけているにもほ

どがあると思う。
　乃々も、バイトをする時間があるならその時間を全部俺に使ってほしい。
　なんなら、俺が時給を払うから、乃々の時間をすべて買い取らせてもらいたいくらいだ。
　本気でそんなことを考えながら、乃々のバイトが終わる時間になるまで、裏口で待っていた。
　バイト先への送り迎えをすることも、バイトを許可する条件の1つだ。
　本当は乃々のバイト中、店内に入ってずっと見ていたいけど……仕事に慣れるまで、恥ずかしいから見ないでほしいと言われてしまってそれも叶わない。
　そろそろ、出てくるはずだけど……。
　いつもは終わってから10分以内に出てくるのに、今日は15分経っても出てこない。
　心配になったとき、裏口の扉が開いた。
「京ちゃん……！　遅くなってごめんね……！」
　元気よく出てきた乃々を見て、ホッとする。
「ううん、全然待ってないから平気」
「……えへへっ、ありがとうっ」
　上機嫌な様子で、ぎゅっと抱きついてくる乃々。
　あー……可愛い。
　ここが外じゃなかったら、抱きしめるだけじゃすまなかっただろうけど。
　早く……2人になりたい。

「じゃあ、帰ろっか？」
「うん！」
　今日はこのあと、乃々の家に行く予定だ。
　乃々の両親は今日も仕事で遅いらしく、乃々の家で溜めていたドラマの録画を見てから、俺の家に移動して泊まっていく予定。
　ここ最近、バイトに乃々を取られて一緒に過ごす時間をまともに取れていなかったから、今日は存分に俺に構ってもらおう。
　乃々の家について、リビングのソファに座らせてもらう。
「今、飲み物淹れてくるね……！」
「そんなの気にしなくていいよ」
「ううんっ、お客さんだからっ」
　楽しそうな乃々に、断るのも悪いと思い、言葉に甘えた。
「はい、コーヒーでよかった……？」
「うん、ありがとう」
　２人で並んで座って、少しの間ゆっくりする。
　乃々も、バイト終わりで疲れただろうな。
「バイトはどう？　楽しい？」
「うんっ！　とっても……！」
　即答する乃々に、複雑な気分になる。
　乃々が嬉しそうなのは、恋人として喜ぶべきなんだろうけど……。
　俺が知らない乃々がいると思うと、どうしても嫉妬してしまう。

我ながら面倒な男だと思うけど、もうこれはどうしようもない問題だった。
　昔からそうだ。
　できることなら、俺の目が届く範囲にいてほしいと思う。
　四六時中、ずっと。
「スタッフさんたちも、みんないい人なのっ」
　にっこりと微笑む乃々に、ピクリと反応してしまう。
　スタッフ……。
　乃々のバイト先の従業員は、全員把握している。
　バイト先がわかったその日に、すべて調べ上げたから。
　正社員のスタッフが７人。全員既婚者の女。
　アルバイトの大学生は５人で、こっちは男が３人だが、時間帯的に高校生の乃々とシフトが被ることは滅多にないだろう。
　乃々と同じ高校生は、乃々を合わせて３人。……ここが、一番厄介だ。
　高校２年に、オーナー兼店長の息子である羽山大輝という男がいる。
　こいつは乃々と常にシフトが被っていて、要注意人物として目を光らせている。
　乃々が従業員の話をしてきたことは、まだないけど……心配でたまらなかった。
「京ちゃんも、カフェで働いてたことあるんだよね……？」
「うん、少しの間だったけどね」
　昔の話を聞いてきた乃々に、頷いて返す。

高校に入学してすぐの頃、駅前のカフェでアルバイトをしていた。
　女性客が多くて、騒がしかったのを憶えている。
　特にやり甲斐も何もなかったから、もうカフェでバイトしたいとは思わないな……。
　得たものといえば、同じ境遇の友人ができたことくらい。
　俺と同じ、幼なじみに長い間片想いしている、同い年の煌貴という友人。
　お互い10年以上片想いを拗らせていて、煌貴に至ってはまだ結ばれていない。
　この前、乃々と両想いになったことを報告すると、抜け駆けだろと怒られた。
「京ちゃんのアルバイト先、ケーキセットがとっても美味しかったなぁ」
「ふふっ、また今度行こうか？」
「うん！」
　まだ煌貴はあのカフェで働いているらしいから、予約を取ってもらおう。
　煌貴の恋も早く実ればいいなと、ぼんやりそんなことを思った。
「私のアルバイト先にもね、ケーキセットあるんだよっ。いつも美味しそうだなぁと思って、見てるとお腹が空いてきちゃうの」
　可愛いエピソードに頬が緩む。
「コーヒーもたくさん種類があって、他のメニューもすっ

ごく美味しそうなんだよっ。店内もオシャレでね……あ！それと、バイトの制服がとっても可愛いの……！」
「……制服？」
　ピタリと、思考が止まる。
　……盲点だった。
　外装的にシンプルで洋風なカフェだったから、とくに制服の心配はしていなかったけど……。
「ねぇ、着て見せてよ」
「っ、え？」
　乃々が、驚いたような声をあげた。
「み、見たい……？」
「うん、見たい」
　可愛い制服って……どんなヤツだ？
　乃々はただでさえ可愛いのに、もし男が好きそうな制服だったら……。
　乃々にバイトを辞めさせる方法が、何とおりも頭の中に浮かんだ。
　とにかく、確認しないことにはわからない。
　単純に、乃々のバイト服姿が見たいという個人的な欲もあるけど。
「え、えっと、それじゃあ着替えてくるっ……」
　恥ずかしそうにしながらも、制服が入っているであろうカバンを持ってリビングを出ていった乃々。
　俺は乃々が淹れてくれたコーヒーを飲みながら、着替えが終わるのを待った。

少しして、ガチャリと開いたリビングの扉。
「お、お待たせ」
　視線を向けると、扉から顔だけを覗かせた乃々がいた。
「どうして顔だけなの？」
「なんだか、恥ずかしい……わ、笑わないでね……？」
「うん」
　笑うわけないのにと思いながら、笑顔で頷く。
　乃々は顔を赤く染めながら、ゆっくりとリビングに入ってきた。
「……」
　その姿を見るや否や、言葉を失ってしまう。
　……嘘だろ。
「……へ、変、かな？」
　何も言わない俺に、心配になったのか、乃々が不安げに見つめてきた。
　変なわけがない。むしろ……。
「やっぱり、私には可愛すぎたかもしれない……」
「……ねぇ乃々、やっぱりアルバイト辞めない？」
「え？」
　俺の言葉に、乃々がぽかんと口を開けた。
「ど、どうしてっ……？」
「……そんな可愛い格好で接客するなんて……心配で俺がどうにかなりそう」
　想像以上の可愛さに、ソファから落ちてしまいそうになったくらい衝撃を受けた。

おい……あの店、ふざけているのか？
　乃々にこんな格好で接客させるなんて……ありえない、危機感が足りなすぎる。
「か、かわいい……？　ほんとに？」
　こんな嘘ついてどうするのと思いながら、頷いて返す。
　途端、乃々は嬉しそうに笑った。
「えへヘっ……京ちゃんにそう言ってもらえると、嬉しい」
　……ダメだ。もう絶対に辞めさせよう、今すぐ。
　こんな可愛い乃々は、世界で俺だけが知っていればいいんだ。
「乃々、今すぐ電話しよう。それか、俺から言おうか？」
「え？　ま、待って！　私、バイトは辞めないよ……？」
「どうして？　こんな格好で働くなんて、男に目の保養にしてくださいって言ってるようなものだよ？」
「め、目の保養……？　よ、よくわからないけど、入ったばっかりなのに、今辞めたらお店に迷惑がかかるもん……」
「だったら、俺が他の人間を手配するよ」
「え、ええっ……！」
　驚いて、困ったように眉の端を下げている乃々。
　自分勝手で横暴なことを言っているのはわかっている。
　でも……こんな可愛い恋人がいたら、誰だってこうなるはずだ。
「心配なんだ……わかって？」
　乃々の手を握りながら、懇願(こんがん)するように見つめた。
「心配してくれるのはとっても嬉しい……でも……」

「……」
「最近やっといろんなことを覚えてきて、楽しいの。いい経験になると思うし、本当に１ヶ月で辞めるから……ダ、ダメ……？」
　あーもう……乃々は卑怯(ひきょう)だ。
　そんなこと言われたら、俺が嫌だと言い返せないのをわかっている。
　いつからこんな悪い子になっちゃったんだろう……と思いながらも、そんなところも可愛いと思ってしまっている単純な自分。
「……絶対に、１ヶ月経ったら辞めるんだよ」
　もし本格的に危ないと思ったら、強硬(きょうこう)手段を取ることにしよう……と心の中で自分を納得させ、乃々にはそう返事をした。
　安心したように笑顔になった乃々は、俺にぎゅっと抱きついてきた。
「うんっ……！　ありがとう京ちゃん、大好きっ」
　……っ。
　普段あまり言わない乃々の"大好き"をもらえて、一瞬にして舞い上がってしまう。
　ああ、今の録音しておきたかった……。
　そんなことを思いながら、俺も華奢な身体を強く抱きしめ返した。

「男?」

「すみませーん」
　店内に響いた、お客さんの声。
「乃々花ちゃん、オーダーいける?」
「はいっ」
　祐希さんにそう返事をして、お客さんのテーブルへ急ぐ。
　エプロンから、伝票とボールペンを取り出した。
「お待たせいたしました、ご注文をお伺いいたします!」
「えーっと、ケーキセット2つ。ドリンクはストロベリーシェイクとミルクティー、あと持ち帰りで……」
「かしこまりました。それでは確認させていただきます!」
　お客さんに確認をとって急いでキッチンへと向かった。
「ご注文入りました、ケーキセット2つ、ドリンクは──」
　アルバイトを始めてから、今日でちょうど2週間が経っていた。
「乃々花ちゃんすごいね!　もう接客も1人でバッチリじゃん!」
「あ、ありがとうございます……!」
　祐希さんに褒められて、嬉しくなる。
　最近ようやく、自分1人で接客を任せてもらえるようになった。
　お店のこともわかってきて、アルバイト生活に充実感を覚えている。

今日のホールのシフトは、祐希さんと大輝さんと私の3人だ。
　高校生は夕方に入ることが多いらしく、ほとんどこの2人と同じシフトだった。
　2人ともすごくよくしてくれて、とても優しい。
「あたしなんてメニュー覚えるのに3ヶ月かかったよ？あはは！」
「お前は仕事できなすぎだ」
「えー、大輝っちひどー！」
　お客さんがいない時間や、休憩(きゅうけい)の間はいつも3人で他愛もない話をしている。
「でも、確かにすごいな。ここまで早く仕事覚えるヤツ、他にいなかった」
　……え？
　大輝さんに褒められて、なんだかジーンと感動してしまった。
　1番いろんなことを教えてくれたし、あまり褒められることがないから……。
　なんだか、先生に褒められたような気分。
「あ、ありがとうございますっ……！」
　私も少しは、役に立ててきたかな……？
　そうだったら、いいな……。
「大輝さんや祐希さんが親切に教えてくれたおかげです」
　私はお世話になりっぱなしだから、少しでも2人の負担を減らせたらいいな……と、そんなことを思いながらにっ

こりと微笑んだ。
　すると、私を見たまま２人が固まる。
「……天使か」
「え？」
　祐希さんの言葉に、首を傾げた。
　てんしか……？って、転子窩のこと……？
　確か、大腿骨にある大転子の内面にあるくぼみのことだったような……？
「乃々花ちゃんいい子すぎ……ねえ大輝っち」
「……」
「ふふふふっ、否定はしないんだ」
「うっせー」
　なぜか楽しそうな２人の姿に、話についていけない私ははてなマークを頭の上に乗せた。
　……何はともあれ、楽しいバイト生活を送っている。

　次の日の夕方。
　バイトに行くため支度をし、さあ家を出ようと思ったときだった。
「行ってきます！」
「あ、待って乃々花！　これあげるわ！」
　……ん？
　玄関まで走ってきたお母さんが、そう言って私に渡したのは、２枚のチケットだった。
「試写会……？」

チケットを見ると、どうやら映画の試写会のチケットらしい。
　実話を映画化した感動物語、か……。
「仕事先の人からもらったんだけど、お母さん来週の日曜日は行けないのよ。京壱くんとでも行ってきなさいよ」
　お母さんの言葉に、首を縦に振る。
「うんっ……！」
　京ちゃんはこういうの、あんまり見なそうだけど……誘ってみようっ。
　そういえば最近、バイトばかりでデートもしていなかったから……。
　もう一度「行ってきます！」と言って、家を出る。
　すると、すでに待ってくれていた京ちゃんの姿があって、慌てて駆け寄った。
　バイトの送り迎えの約束も、きちんと守っている。
　２人で、もう歩き慣れたバイト先までの道を進む。
　そうだ。映画のこと、聞いてみようっ……。
　私はポケットに入っているチケットをそっと握って、口を開いた。
「あのね京ちゃん、来週の日曜日——」
　——プルルル。
　私の声をかき消すように鳴り響いた、電話の音。
「ちょっとごめんね」
　申し訳なさそうに謝る京ちゃんに、無言で首を振る。
　いつもなら、私と一緒にいるときに電話が鳴っても無視

する京ちゃんが、電話に出るってことは……お父さんからかな？

　大事な電話だろうから、静かにしてなきゃっ……。

　電話に出た京ちゃんの横顔を、じっと眺める。

「もしもし、父さん？　はい……来週の日曜ですか？」

　……え？

「午前中……はい、空いてます。わかりました」

　あっ……予定、入っちゃったみたいだっ……。

　なんてタイミング……と思いながらも、試写会のことを話す前でよかった。

　お父さんとの約束のほうが大事だろうし、きっと私と約束をしてからだったら、京ちゃんを困らせてしまっていただろうから。

　映画……京ちゃんと行きたかったな……。

　少し寂しさを感じながらも、ポケットの中でそっと握っていたチケットから手を離した。

　話が終わったのか、スマホをポケットに戻した京ちゃん。

「ごめんね。それで、どうしたの？」

　優しく聞いてくれる京ちゃんに、笑顔を返す。

「う、ううんっ、なんでもないの」

「え？　でも、何か言いかけて……」

「あ、えっと……そろそろバイトにも慣れてきたから、今度食べに来てほしいなって……」

　誤魔化すために吐いた言葉に、京ちゃんが嬉しそうに微笑んだ。

「ほんとに？　行っていいの？」
　もしかして、楽しみにしてくれていたのかな……？
　そう思うと、なんだか嬉しい。
「うんっ……！　あのね、とくにケーキセットが美味しいんだって」
　カフェのメニューの話や、他愛のない出来事を話しながら、バイト先までの道を歩いた。

　その日もいつもどおり、祐希さんと大輝さんとホールを回す。
　何事もなく順調に仕事をこなして２時間ほどが経ち、お店が混み始めてくる時間帯になった。
　いったん手が空いて、レジの硬貨の補充でもしようと、レジに向かったときだった。
　あれ……？
　視界に映ったのは、焦った様子でレジを操作している羽山さんと、それを見守っている祐希さん。
　奥で注文を取っている大輝さんも、心配そうに２人を見ていた。
「あの、大丈夫ですか……？」
　小走りで駆け寄ると、２人が同時に私に視線を向ける。
「あ……乃々花ちゃん」
「全然大丈夫じゃないんだよ……このレジが壊れちゃってさぁ……」
「え？」

レジが壊れた……？

そ、それって、大変なんじゃ……。

お店のレジは、メニューのタッチボタンを押せば自動で計算をしてくれて、お金も自動的に出してくれるものになっている。

高性能で高価なレジだから、この１台だけで回していたけど……そのレジが壊れたとなったら大問題だ。

「困ったわね……今ちょうど深山(みやま)さんが休憩中で外に出てて、直せる人がいないのよ……」

「電卓(でんたく)とかにします？」

祐希さんが言うと、

「でも時間かかるでしょう？　メニューの金額もいちいち確認しないといけないし……これから１番忙しい時間帯なのにどうしましょ……」

困った様子の羽山さんに、私も考えを巡らせて何かいい案がないか考える。

そうこうしているうちに、食べ終えたお客さんが、レジに向かって歩いてきた。

……うー、もう、どうにかするしかないっ……。

「あ、あの、よかったら私やります……！」

壊れたレジを直す方法を考えても、きっと解決にはならないだろうから。

「え？」

名乗り出た私に、きょとんとした表情をうかべる羽山さんと祐希さん。

「計算なら、少しだけ得意です……！」
　念のため電卓は使ったほうがいいけど、暗算でも大丈夫。
　メニューの金額も頭に入っているし、ホールは祐希さんと大輝さんに任せて、私はレジに回るのが今の最良の選択だと判断した。
「それじゃあ、任せてもいいかしら……？」
　少し不安そうにそう言った羽山さんに、大きく頷いて見せる。
「はい……！」
「ごめん乃々花ちゃん、あたし数学の成績ゴミレベルだから任せた……」
　もう１度頷いて、２人を安心させるために「任せてください」と伝えた。
　そろそろレジのラッシュがくる時間だろうから、頑張ろうっ……。
　絶対に違算金は出さないようにしようと気をつけながら、私は残りの勤務時間、ひたすら計算し続けた。
「すごいわ乃々花ちゃん……！　違算金もないし、本当に助かったわ……！」
　無事にラッシュを乗りきり、戻ってきた社員さんがレジを直してくれた。
　羽山さんが伝票とレジの残金を確認してくれて、違算金が出なかったことにホッとする。
　よかった……ハラハラしたっ……。
「お前、頭よかったんだな。計算速すぎてびびった」

「ていうかメニューの金額まで覚えてたんだね……乃々花ちゃんすごすぎ……！」
　大輝さんと祐希さんの２人に褒められて、なんだか恥ずかしくなる。
　でも、少しでも役に立てたならよかった……。
　メニューの金額も、覚えていてよかったな……。
「乃々花ちゃん、頭よかったんだね！」
「い、いえ、全然よくないです……！」
「そんな謙遜しなくてもいいのに!?　あたしなんか、体育以外オール１取ったことあるよ！　体育だけがとりえだからね!!」
　え？　オール１って……な、何段階評価の１のことを言っているんだろう……？
「自慢することじゃないだろ……」
　でも、私は体育が苦手だから、運動できるのはすごく尊敬するっ……。
「そういえばどこの高校通ってるの？」
　祐希さんの質問に、返事をした。
「城帝高校です」
「城高!?　あそこって偏差値70以上しか入れないって言われてるとこだよね!?　超頭いいじゃん!!　しかも学費高くてお金持ちばっかの学校……」
　ひどく驚いた様子の祐希さん。隣の大輝さんも、いつもは無表情なのに、ぽかんと目を見開いていた。
「えー、勉強好きなんだね……！　尊敬するよ……！」

「いえ……好きってわけじゃないんですけど……」
　ただ……つり合いたかった、から。
「私の幼なじみが、すごく頭がよくて、なんでもできる人で……置いていかれないように、必死だったんです」
　誰かにこんなことを話したのは初めてだなぁと思いながら、そう言った。
　すると、祐希さんが何やらピクリと反応する。
　大輝さんも、私を見ながら固まった。
　２人とも、どうしたんだろう……？
「……幼なじみ？　それって……男？」
　恐る恐る聞いてくる祐希さんに、こくりと頷いた。
「は、はい、そうです」
「……もしかして、乃々花ちゃん、その幼なじみと付き合ってたりするの……？」
　ど、どうしてわかったんだろうっ……。
　図星を突かれて驚いたけど、隠す理由もなかったので、もう１度頷いた。
「……は、はい……」
　なんだか、人とこういう話をするのって、思ったより恥ずかしいなぁ……。
　うぅ、顔が熱くなってきた……。
「あちゃー……残念」
　え？
　残念……？
　なぜか大輝さんのほうを見ながら、そんな言葉を吐いた

祐希さん。
「……？」
「ううん、こっちの話」
　首を傾げた私に、苦笑いが返ってきた。
　な、なんだか、蚊帳(かや)の外にされている気がっ……。
「まぁまぁ、恋愛のほとんどは略奪愛(りゃくだつあい)から始まるもんだよ大輝っち……！」
「うるせーな、喋んな」
「うわこっわ」
　こそこそと、祐希さんと大輝さんが喋っている姿に、少し寂しさを感じた。
「でもこんなに可愛いんだから普通恋人いるよねぇ……盲点だったわ」
　盲点……？
「乃々花ちゃんの彼氏ってどんな人？　イケメン？」
　言葉の意味を考えるより先に、新しい質問が飛んでくる。
「はい！　とってもかっこいいですっ」
　何度も頷いて、肯定(こうてい)した。
　京ちゃんはきっと、世界で１番かっこいい……！
「……あたし、次生まれ変わるなら乃々花ちゃんの彼氏になりたいよ」
「えっ？」
　冗談かと思ったけど、至って真顔な祐希さんを見て返事に困った。
　でも、祐希さんかっこいいから、男性だったらモテモテ

だっただろうなぁ……。
　そういえば、祐希さんは恋人はいるのかな……？
　美人さんだから、きっといるんだろうな。
　大輝さんも……。
　すごく整った顔立ちをしていると思うけど……彼女さんとか、いないのかな？
　まだ何か話している２人の姿を、交互に見つめる。
「ま、落ち込むなって大輝っち。あたしも協力するし、今から奪ってこ！」
「……お前次なんか喋ったら殺すからな……」
「やだー、暴力反対っ」
　会話の内容はよく聞こえないけど、２人はいつも、とっても息が合っている気がする。
　……あ……！
　も、もしかして、祐希さんと大輝さんって……！
　２人に可能性を感じて、ピンときた。
　あ、あり得る……！
　だって、本当に仲がいいし、お互い信頼しているようにも見えるし……美男美女の、お似合いカップルだ。
　き、聞きたい……でも、聞きづらい……。
　そう思ったとき、私はあるものを思い出した。
「あ……そうだ」
　今はバイト先の制服だから、更衣室にあるけど……。
　試写会のチケット、２人に使ってもらおう。
「あの、映画のチケットいりませんか……？」

「映画……？」
「2枚あるので、よかったらお2人で使ってください」
　私の言葉に、祐希さんと大輝さんは不思議そうな視線を向けてきた。
「え？　なんで？　そのカレピと行かないの？」
「誘おうと思ったんですけど、用事があるみたいで……」
　チケットを無駄にするのも悪いし、いつもお世話になっている2人に貰ってほしい。
　そ、それに、もし2人がそういう関係なら……デートをするきっかけにもっ……。
「それってさ、2人までしか行けない感じ？」
　え？
　祐希さんの言葉に、チケットに書いてあった詳細を思い出す。
「えっと……確か1枚につき最大2人までって書いてあったので、4人まで行けます」
「それじゃあさ、3人で行かない？」
　3人……？
　それって、私のことも誘ってくれてるってことでいいのかな……？
「……おい」
「だって、いきなり2人じゃ大輝っちハードル高いでしょ？」
　またひそひそ話をしている姿を見て、返事に困った。
　気持ちは嬉しいけど……。

「どう？　せっかくだしさ、みんなで遊ぼうよ!?」
「で、でも……私、邪魔じゃないですか……？」
　私がこの２人の間に入るなんて、なんだか場違いな気がする……。
「「は？　なんで？」」
　そう思ったけど、息ぴったりに合わさった返事がきた。
　２人とも、本当に不思議そうな表情をしながら私をじっと見ている。
　ど、どうしよう……２人は付き合っているんじゃないんですか？なんて聞けないし……。
「えっと、その……」
「よくわかんないけど、乃々花ちゃんさえよかったら３人で遊びたいなーあたしっ！」
　祐希さん……。
　３人……か。
　でも、一応大輝さんは男の人で……京ちゃんは嫌がらないかな？
　私が新川先輩といるのも、すごく嫌がっていたし……。
「無理？」
　悲しそうにそう聞かれて、慌てて首を振った。
「い、いえ……是非行きたいですっ……！」
　きっと、新川先輩のことは２人きりだから怒っていただけだよね？
　今回は祐希さんもいるし、３人で遊ぶなら、京ちゃんだっていいよって言ってくれるはず。

「やった!!　じゃあ来週の日曜空けとくね!　大輝っちもだよ!」
「……おう」
　でも、よく考えたら、京ちゃんや親戚の人以外と遊ぶのは初めてかもしれない。
　京ちゃんと行けなかったのは残念だけど、とても楽しみになってきた。
「おーい!　誰かダンボール運ぶの手伝ってくれなーい?」
　奥から羽山さんの声が聞こえて、すぐに大輝さんが反応した。
「行ってくる」
　残された私と祐希さんで、最後の片付けをすませることになった。
「ていうか、もしかして乃々花ちゃん、勘違いしてない?」
　テーブルを拭きながら、祐希さんがそんなことを言い出した。
　勘違い……?
「あたしと大輝っち、そういうのいっさいないよ」
　その言葉に、思わずぎくりとした。
　どうやら私が考えていることは、祐希さんにはお見とおしだったらしい。
「そ、そうなんですか……?」
「ないない絶対ありえない。ていうか男友達的なノリ?　向こうもこっちも、お互い恋愛対象外なんだよね」
「恋愛対象外?」

「うん……大輝っちはね、そういうふうに見れないの……」
　それは……何か理由でもあるのかな……？
　深刻そうな表情をする祐希さんに、ゴクリと息を呑む。
　私には想像もつかなくて、じっと祐希さんを見つめた。
「ほら、大輝っちってイケメンじゃん？　だから無理なんだよね」
　……え？
　祐希さんの発した言葉の意味がわからなくて、私は首を傾げる。
　イケメンだから無理って……？　ど、どういうことなんだろう……？
「あたし、ブー専なんだよ。イケメンだけは絶対無理！」
　きっぱりとそう言った祐希さんに、衝撃を受けた。
　そ、そうだったんだ……！
　ブー専という言葉は、ドラマの知識で知っている。
　確か、一般的に不細工と言われる人が好みの人のことだったはず……。
　知識としては知っているけど実際にそうだという人に会ったのは初めてだった。
　でも、そうなると祐希さんと大輝さんは、本当にただのお友達なんだ……。
　ちょっぴり残念で、肩を落とす。
　２人がそういう関係だったら、とってもお似合いだなと勝手に思っていたから……。
「ま、ってことだから、あたしと大輝っちは何もないよ？」

「そうだったんですね……」
「それに、大輝っちの好きな相手は……」
　そう言いかけて、祐希さんはにやりと意味深な笑みを浮かべる。
「おおっと、これ以上は機密漏洩だわ、ほほほっ」
　き、機密漏洩……？
　突然笑い出した祐希さんは、「おーほっほっ」と楽しそうにスキップをしながら奥のテーブルを拭きにいってしまった。
　な、なんだったんだろう……。
　私は呆然と祐希さんが行ってしまった方向を見ながら、頭上にいくつものはてなマークを並べた。
　その日のバイトが終わり、「お疲れさまです」と挨拶をしてお店を出る。
　外はもう真っ暗で、風が身体を刺すように冷たかった。
　あれ……？　京ちゃん、まだ来てないかな……？
　いつもは必ず、裏口で待っている京ちゃんの姿が見えず、辺りを見渡す。
「乃々、お疲れさま」
「わっ……！」
　背後から、頬を包み込むように手を添えられて、思わず声を上げた。
　慌てて振り返ると、そこにはいたずらっ子のような笑みを浮かべる京ちゃんの姿。
「京ちゃん……！　びっくりした……！」

「ふふっ、驚かせてごめんね」
「ううん、待っててくれてありがとうっ……！」
　そっと手を握ると、ひんやりした体温が伝わってくる。
　今日も、たくさん待たせちゃったみたいで、申し訳ない気持ちになる。
「いつもごめんね……」
「俺が勝手に待ってるだけだよ。それに、約束でしょ？」
　そう言って、ぎゅっと手を握り返された。
「うんっ……！」
　真っ暗な道を、2人で並んで歩く。
　じつは私は、この時間が好きだった。
　バイトが忙しくてしんどいと思ったときも、これが終われば京ちゃんに会えると思うだけで頑張れる。
「乃々、来週の日曜って予定ある？　夕方くらいから空いてないかな？」
「え……？」
　笑顔で聞いてきた京ちゃんに、少しびっくりして返事に詰まった。
　来週の日曜日って、お父さんとの用事が入ったんじゃないの……？　もしかして夜には終わるのかな？
　祐希さんたちと映画に行く約束をしているけど、午前中からだから、きっと夕方には解散になるだろう。
「えっと、夜なら大丈夫だと思うっ」
「夜なら……？」
　京ちゃんの声のトーンが、1つ下がった気がした。

「午前中は映画に行くの。試写会のチケットもらって……」
　一応言っておかなきゃと思い、そう口にする。
　京ちゃんは、少しの間黙り込んだあと、じっと私のほうを見て口を開いた。
「……それって、誰と？」
「バイト先の人だよ。大輝さんと……」
「……男？」
　……京、ちゃん……？
　静かな帰り道に響いた、京ちゃんの低い声。
　薄暗いなか見えた京ちゃんの表情は、ぞくりとするような、怒りを含んだものだった。

「俺が他の女の子と遊ぶって言ったら、どうする?」＊side京壱

「午前中は映画に行くの。試写会のチケットもらって……」
　楽しそうにそう言った乃々に、嫌な予感がした。
「……それって、誰と?」
「バイト先の人だよ。大輝さんと……」
「……男?」
　……そして、その予感は的中した。
　腹の奥底から込み上げる、どろどろとした黒い感情。
　嫉妬と呼んだら可愛すぎるそれは、もう殺意に近かった。
　今、乃々は、男と映画に行くって言ったのか?
　しかも、それを楽しそうに俺に話している。
　あぁ乃々は、なんにもわかってくれていないのかと、酷く悲しくなった。
「あ、あのね、違うの、映画は大輝先輩と、ゆう――」
「へぇ、見たい映画でもあったの?　知らなかったよ、言ってくれたらよかったのに」
　今笑顔を浮かべられている自分が、恐ろしい。
　本当なら今すぐに、相手の男をこの世から消し去ってしまいたい感情に支配されているのに。
　乃々が平然と男と遊ぶことを報告してくることにも驚いたけど、何よりも……そいつのことを下の名前で呼んでいることに衝撃を受けた。
「違っ……あの――」

「ねぇ。乃々はさ、俺が他の女の子と遊ぶって言ったら、どうする？」
「え……？」
　ほんのたとえ話だった。
　俺の気持ちを、わかってもらおうと思って。
　もちろんそんなことをするつもりもないし、したいとも思わない。
　乃々はどうなのか知らないけど、俺は乃々以外の女になんてこれっぽっちも興味がないし、なんなら関わりたくないくらい。
　だから、ただ一言"嫌だ"って、言ってほしくてした質問だった。
「別にいいよって、許してくれる？」
　違うよね？
　俺のことが好きなら、俺が他の女と遊ぶことを許すはずがない。
　きっと、俺の気持ちもわかってくれる。
　そんな男との約束は断ってくれるはずだと思った。
　それなのに、乃々から返ってきた答えは衝撃的なものだった。
「……う、うん……。お友達、なら……」
　──は？
　何を言ってるの乃々？
　友達だったらいいって……本気で言ってる？
　頭を鈍器で殴られたような、激しい衝撃が走った。

乃々が俺の気持ちをわかってくれないように、俺にも乃々の気持ちがまったくわからなかった。
　改めて思い知る。
　俺と乃々の……想いの差というものを。
「…………そっか」
　別に俺が他の女と遊ぼうがどうしようが、乃々は嫉妬してくれないんだね……。
　俺は乃々の瞳に、俺以外の男が映っていると考えるだけでも……。
　……胸が焼け焦げるような嫉妬に、襲われているのに。
「日曜日、楽しんでおいでよ」
　今思えば、このときの自分はやけになっていたと思う。
　普段の俺だったら、他の男と遊ぶだなんて、絶対に許さないのに。
「え？　い、いいの……？」
　乃々が、驚いた表情で俺を見てくる。
　いいの……って、何それ……。
「別にいいよ。俺も好きなように遊ぶから」
　拗ねた子供のような返事に、我ながら笑える。
　でも今は、優しい言葉をかけてあげる余裕もなかった。
　……ダメだ、頭がおかしくなりそう。
　このまま乃々といたら、とんでもない嫉妬をぶちまけてしまいそうだった。
　よかった……ちょうど家について。
　乃々の家が見えて、ホッとした自分がいた。

「それじゃあ、バイバイ」
「……京ちゃ……」
　何か言いたげな目で俺を見る乃々を無視して、背を向けて歩く。
　一度も振り返ることはせず、自宅へと急いだ。
　──バタンッ!!
　勢いよく自室の扉を閉め、コートを投げ捨てる。
「……羽山大輝……」
　あぁやっぱり、アルバイトなんてさせるんじゃなかった。
　乃々が可愛くてつい甘やかしてしまった自分を、殺してやりたい。
　……乃々も乃々だ。
　俺が嫉妬深いってわかっているはずなのに、伝えたはずなのに、どうして男と約束なんて……。
　どうして、俺だけを見てくれないんだろう……。
　俺は乃々しか見てないのに。最近は乃々も、俺のことを想ってくれていると、ようやく実感できるようになったのに……全部、俺の勘違いだったのか……？
「……店ごと潰してやろうかな……」
　羽山大輝という男を消す方法だけが、頭の中にいくつも浮かぶ。
　そんな自分のおぞましい部分が顔を出すなか、胸に残るのは、ただひたすらに"虚しい"という感情だった。
　乃々との関係が、振り出しに戻った気がした。
『……う、うん……お友達、なら……』

嫉妬すらしてくれないなんて……。
　やっぱり乃々が俺に向ける"好き"は、恋愛感情なんかじゃないのかもしれない。
　もしそうだったとしても、手離す気は毛頭ないけれど……。
　……ただただ、虚しかった。
　その日から、俺と乃々の間に壁ができた。
　俺はバイトの送り迎えを使用人に任せ、頭を冷やすために父親の仕事への同行を増やすなど、用事を詰め込んだ。

05＊独占欲

「他に、言うことないの？」

「京ちゃん、今日も忙しいの……？」

 私の質問に、京ちゃんはこっちを見向きもせずに返事をする。

「今日もっていうか、当分は。乃々のバイトの送り迎えもできないから、使用人に送ってもらってね」

 冷たい声に、冷たい言い方。

 どうしてこうなっちゃったんだろう……と、泣きたくなった。

 教室での休み時間。

 いつもなら、京ちゃんは優しく微笑みながら、私のつまらない話を聞いてくれるのに……。

 今はお仕事の書類のようなものと睨めっこしていて、私の存在なんてないみたいな態度だった。

 京ちゃんがこんな態度を取るようになったのは、2日前からだ。

 大輝さんたちと遊びに行くと伝えた日から……様子がおかしくなった。

 昨日のバイトも、忙しいという理由で送り迎えに来てはくれず、私は京ちゃんのお家の車で送迎してもらった。

 今まで欠かさず一緒に来てくれたから、酷く寂しかった。

 やっぱり、男の人と遊ぶことに怒っているのかな……？

 祐希さんもいるから、大丈夫だと思ったけど……私が、

軽率だったのかもしれない……。
　でも……。
　スカートの裾をぎゅっと握って、泣きたいのを堪えた。
　どんな理由であれ、京ちゃんに冷たくされるのはきつい。
　やっぱり、映画は断ろう……。
　うん、そうすれば京ちゃんも、機嫌を直してくれるだろうし……。
　優しい京ちゃんに、戻ってくれると思った。
「あの……」
　ちゃんと断るという意思を伝えようと、口を開く。
「ごめん、今集中したいから」
　……っ。
　伝えることも許されず、遮られた私の声。
　なんの感情もこもっていない京ちゃんの声に、ジワリと視界が滲んだ。
「……ご、ごめんなさい……」
　どうし、よう……。
　これは、怒っているっていうより……愛想をつかされたっていう表現のほうが、正しいかもしれない。
　そんな、言い方だった。
　京ちゃんにバレないように、こっそりと涙を拭う。
　京ちゃんはその日もずっと、冷たい態度だった。

　バイトの送り迎えは使用人の方に任せるようになったけど、登下校は一緒にしてくれる京ちゃん。

その日の帰り道、今度こそ断ろうと思い、決意を固めたとき、京ちゃんのスマホが音を鳴らした。
　お父さんから、かな……？
　静かにしてなきゃと思い、開きかけた口を閉じる。
「もしもし、神崎さんですか？」
　……え？
　お父さんからじゃ、ない……？
　驚いて、思わず目を見開いて京ちゃんのほうを向いた。
　どうしてそこまで驚いたかというと、京ちゃんは私といるときは、いつもスマホをマナーモードにしてくれていたから。
『京ちゃん……スマホ震えてるよ？　電話出なくてもいいの……？』
『ん？　いいんだよ。今は乃々といるんだから、乃々優先』
　昔、そう言って微笑んでくれた京ちゃんを思い出す。
　今、電話で話す京ちゃんの横顔は楽しそうで、それは少し前まで、私にだけ向けてくれていた笑顔だった。
　……言いようのない焦りが、私の身体を支配する。
　もう取り返しがつかない状態になってしまったような、京ちゃんの心が私から完全に離れてしまったみたいな気がした。
「先月の会食以来ですね。……ははっ、神崎さんみたいに綺麗な方に褒めていただけるなんて、嬉しいな」
　綺麗な方、って……女の人、かな？
　その可能性に、胸の奥がざわついた。

「はい、いつでも大歓迎ですよ……ははっ」
　どうしよう……ほんとに、どうしよう……っ。
　京ちゃんはこの前、私以外の人を好きになるなんて、絶対あり得ないって、言ってくれたけど……。
　絶対なんて、あるわけないんだ……。
　あの言葉で安心した自分が、どれだけ浅はかだったのか思い知らされる。
　早く、謝らなきゃ……京ちゃんの気持ちが、私から離れちゃう前に……。
　他の人に、気持ちが奪われてしまう前にっ……。
　一刻も早く、"ごめんなさい"を伝えたくて電話が終わるのを待っていたけど、一向に終わる気配がない。
　むしろ会話に花を咲かせているようで、京ちゃんは隣にいる私なんていないも同然というような態度で、楽しそうに通話している。
　苦しくて、今すぐに私の話を聞いてと言いたいけど、それをしたらもっと怒らせてしまうんじゃないかと怖くなり、結局私の家に着くまで、何も言えなかった。
「……あ、すみません。少し待ってください」
　家の前について、京ちゃんは電話の相手にそう言った。
　耳からスマホを外して、愛想笑いのような感情のこもっていない笑顔が向けられる。
「バイバイ。バイト頑張ってね」
　小声で私にそう言って、すぐに背を向けた。
「すみません神崎さん。それで、今度の会食って……」

再びスマホを耳に戻し、楽しそうに話す京ちゃんの後ろ姿をただ呆然と見つめる。
　ああもう、ダメかもしれない……と、遠ざかっていく背中を見て思った。
　京ちゃんのお家の車で、バイト先に向かう。
　運転手さんに『歩いて行くので大丈夫です』と伝えたけど、『坊ちゃんに怒られますので』と折れてはくれなかった。
　京ちゃんが怒るなんてそんなこと……きっともうないと思うけれど……。
　だって今の京ちゃんは、私に興味がないもの。
　もうこのまま……京ちゃんの気持ちは、冷めて行く一方なのかもしれない……。
　そう思ったら、どうしても込み上げてくる涙。
　ダメだダメだ……バイトなんだから、めそめそしてちゃいけない。
　……後ろ向きなことばっかり考えるのはやめよう。
　きっと謝ったら……許してくれる……はず……。
　ううん。許してもらえるまで、謝ろう。
　付き合い始めてすぐにも、こんなことがあった。
　今回も……きっと、仲直りできるはず。
　今は、そう自分に言い聞かせるしかなかった。

「乃々花ちゃん、やっほー！」
　制服に着替えて、店内に入る。
　１時間前から出勤になっていた祐希さんと大輝さんがい

て、いつもどおり挨拶をした。
　今の時間帯はお客さんも数人しかいなくて、オーダーも入っていない。
　一番落ち着く時間帯で、3人そろって仕事が入るのを待っていた。
　あ、そうだ……。
「祐希さん、大輝さん……」
　日曜日のこと、伝えておかなきゃ……。
「やっぱり私、日曜日行けなくて……2人で楽しんできてください……」
　そう言って、もう一度「ごめんなさい……」と謝る。
「え？　用事？」
「えっと……は、はい」
　用事とは、ちょっと違うかもしれないけど……。
「そっかぁ。……なら仕方ない。また遊ぼうね？」
「気にすんな」
　そう言って優しく微笑んでくれる2人に、ホッとする。
　同時に、京ちゃんとのことがあって精神的に弱っていたからか、涙が出そうになった。
　こんなにもいい人たちで、よくしてくれているのに、断るなんて申し訳ないことをしたな……。
　あと少しで約束の1ヶ月が終わって、2人と会うこともなくなってしまうのかと思うと、とても寂しい気持ちになった。
　あと1週間ちょっと、か……。

次の日の授業中。
ぼーっと外を眺めながら、改めてそう思った。
昨日、羽山さんから、もしよかったらもう少し続けてほしいと言ってもらえたけど、きちんと断った。
京ちゃんとも、1ヶ月っていう約束だったから、それを破るわけにはいかない。
バイト代は手渡しで、最終日に渡すと言ってくれた。
……あ、そうだ……。
来週の日曜日、京ちゃん予定あるかな……？
最近忙しそうだから、空いてない可能性のほうが高いと思うけど……。
もし少しでも時間があるなら、一緒にお食事にでも行きたい。
もともと、京ちゃんに日頃のお礼ができたらと思って始めたバイトだから。
授業の終わりを告げるチャイムが鳴って、休み時間が訪れる。
無表情で何かの資料を見ている京ちゃんに、恐る恐る話しかけた。
「きょ、京ちゃん……」
「……ん？」
あ、あれ……？
今日はもしかして、いつもよりは機嫌がよさそうな感じっ……。
……よし。

「あ、あのね、来週の日曜日なんだけど……京ちゃん、空いてないかな……?」

　久しぶりに笑顔を向けられたことに、浮かれていたのかもしれない。

　喜んだのもつかの間、「来週?　……今週じゃなくて?」その言葉に、身体がびくりと震えた。

　まるで、嫌味を含んだような言い方に、返事ができなくなる。

　やっぱり京ちゃん、私が大輝さんたちと約束したこと、すごく怒ってるんだ……っ。

　ちゃんと、断ったよって言いたいのに、あまりに冷たい視線に、声が出ない。

　何も言えないでいる私に、京ちゃんは諦めたようにふっと笑った。

「冗談だから、そんな困った顔しないでよ」

　疎い私でも、冗談じゃないことくらいわかる。

「ごめんね、その日は空いてないんだ。父さんの会社の取引相手との食事会だから。ちょっとご機嫌取りしなくちゃいけなくて」

「ご機嫌取り……?」

「そこのご令嬢が、何度も断ってるんだけどしつこくて。上客だし、たまには付き合ってあげないといけなくて」

　……え?

「お、女の人なの……?」

　しつこいって……それは……仕事とか抜きで個人的な意

味で……？
　ズキリと、心臓が酷く痛んだ。
「うん、そうだよ」
　平然とそう言った京ちゃんに、今度こそ、いろんなことがわからなくなる。
　どうしてなんだろう。
　京ちゃん、私が他の男の人と遊びに行こうとすると怒るのに……。
　どうして京ちゃんは、平然と私に、そんな話をするんだろう。
　私の心が狭い、のかな……？
　京ちゃんはお家の会社の跡取りで、付き合いも大切だから、仕方ないのかな……？
　これからも、こんなことが続くの……？
　この前の、電話、みたいに……。
　私は楽しそうに他の女の人と話す京ちゃんを、何も言わずに見守っていないといけないの……？
　そう思ったら、途端に喪失感に駆られる。
　自分に好意があるとわかっている人と、お食事に行くなんて……ましてやそれを私に言うなんて……。
　あんまりな、気がする……
「そ、それは……２人っきりで……？」
　最後の望みをかけて、そう聞いた。
　もしかしたら、お父さんも一緒だとか、他にも誰かいるのかもしれない。

きっと、そうなはず――。
「うん、そうだよ」
　……え……？
「あ……そ、そっか……」
　あまりにあっさり認める京ちゃんに、驚きすぎてそんな返事しかできなかった。
「別に俺が他の女の人といても、乃々はなんとも思わないでしょ？」
　京ちゃんがどういう意味でそれを言っているのか、わからない。
　なんとも思わない……？　私、が……？
　それは、お仕事だから我慢するよっ……。
　仕方ないって、思うしかないもん……。
　でも……なんとも思わないわけ、ないのに……。
　どうして、そんな冷たい言い方するんだろうっ……。
　１人でたくさん悩んだ私が、バカみたいに思えた。
　京ちゃんが何を考えているのか、もうわからなかった。

　今日も送り迎えは、してくれない……か。
　当たり前、だよね……あんなこと言われちゃったんだもんな……。
　私もいい加減、諦められたらいいのに。
　心のどこかで、まだ京ちゃんは許してくれるって……許してもらえる術を探していた。

「ほら、飲めよ」
　バイトの30分休憩中、大輝さんが温かいミルクコーヒーを淹れてくれた。
「あ、ありがとうございますっ……」
　ありがたく受け取って、カップに手を添える。
　あったかい……。
　ふぅ……と、息を吐く。
　最近、悩んでばかりで気が張っていたからか、久しぶりに肩の力が抜けた気がした。
「百合園」
　……？
　私を見ながら、じっと立ち尽くしている大輝さんを見る。
「お前、どうかした？」
「え？」
「最近元気ないだろ」
　びっくりして、思わず目を見開いた。
　どうして、わかったんだろうっ……。
　図星を突かれて、一瞬返事に困ってしまった。
「そ、そんなことないですっ……！」
　心配をかけたくなくて、咄嗟に否定する。
　だけど、大輝さんはまったく表情を変えず、無言で私を見てくる。
　まるですべてを見透かされているような瞳に、ゴクリと息を呑んだ。
　スッと、大輝さんの手が伸びてくる。

「……何かあるなら、いつでも頼れよ」
　……え？
　ポンッと、優しく頭を撫でられた。
　驚いて顔を上げると、私を心配してくれているのか、慈愛(じあい)に満ちた瞳と目が合う。
「大輝さん……」
　無性に泣きたくなって、唇を噛みしめた。
「ありがとうございますっ……」
　大輝さんのその言葉だけで、救われた気がするっ……。
　ふー、ふーとミルクコーヒーを冷まして、カップに口をつける。
　口いっぱいに広がった、甘くて優しい味。
「……美味しいっ……」
　コーヒーは苦手だけど、大輝さんが淹れてくれるミルクたっぷりのコーヒーは大好きだった。
　とっても甘くて、私が好きな味。
「そりゃよかったわ」
　少し照れ臭そうに笑う大輝さんに、私も笑顔を返す。
　そういえば、苦いの苦手だなんてひと言も言ったことないのに……どうしていつもこれを淹れてくれるんだろう？
　それに、このコーヒーはお店のメニューには存在しない。
　まるで、私のためだけに作ってくれたような飲み物。
　……なんて、そんなわけないだろうけどっ……。
「こういうのって、美味しく入れるためのコツとかあるんですか……？」

少し気になって、そんな質問をしてみた。
　普段コーヒーは飲まないから、インスタント以外淹れたことはないけど、京ちゃんが飲んでいるのはいつも、高そうなコーヒーだ。
「まあな。コーヒーは、豆だけじゃなくて、淹れ方によって随分味が変わるから。興味あるのか？」
　大輝さんの言葉に、どきりと胸が音をたてる。
「コーヒーが好きな人がいて……」
「教えてやろうか？」
「え……？」
　まさかの返答に、マグカップを落としそうになる。
「い、いいんですかっ……？」
「バイト終わったあとでな」
　や、やったぁ……。
　ふっと笑って、「ゆっくり休憩しろよ」と言い残し休憩室から出ていった大輝さん。
　美味しいコーヒーの淹れ方を勉強したら……京ちゃん、喜んでくれるかな……？
　わからないけど、仲直りのきっかけにはなるかもしれないっ……。
　えへへっ……大輝さんに感謝しなきゃ……。
　その日のバイト終わり、大輝さんはとても親切に、美味しいコーヒーの淹れ方を教えてくれた。
　もう使わないコーヒーミルやおすすめの豆までくれて、申し訳なくなるくらい。

早速、京ちゃんを誘ってみようっ……。
　ゆっくりコーヒーでも飲みながら、ちゃんと話したい。
　誤解も全部解いて、仲直りできたらいいな……。

　ドキドキしながら翌日を迎えて、誘うタイミングを見はからう。
　でも、相変わらず冷たい京ちゃんを前に、なかなか話を切り出せなくて、結局放課後になってしまった。
　帰りのＨＲが終わって、ふぅ……と深呼吸をする。
　早く言わなきゃ……頑張れ、私っ……！
「きょ、京ちゃん……！」
「……ん？」
「今日、よかったら……私の家に来てくれないかな……？」
　よ、よしっ……言えたっ……。
「あのね、美味しいコーヒー豆をもらって──」
「ごめん、今日も忙しいんだ」
　言い終えることさえ許されず、きっぱりと断られた。
　心臓を鷲掴みにされたような痛みっていうのは、このことなのかと冷静に思う自分がいる。
「そ、そっか……」
　涙を堪えながら、必死に笑顔を作ってそう返した。
　ダメだダメだ、泣くな私っ……。
　忙しいなら、仕方ないよ。
　京ちゃんは私と違って、いろいろとしなきゃいけないことがあるんだからっ……。

わがままなんて……言っちゃダメ。
「帰ろっか？」
「う、うんっ……！」
　顔に無理やり笑顔を貼り付けて、京ちゃんの１歩後ろを歩く。
　今までは当たり前のように隣を歩いていたのに、今はそこに、いちゃいけない気がした。
　今回はダメだったけど、まだきっと大丈夫。
　また、仲直りする方法を考え──。
「京壱くんっ……！」
　……え？
　正門を出ようとしたときだった。
　門の向こう側から、京ちゃんの名前を呼ぶ女の人が笑顔で走ってきたのは。
　綺麗な黒いストレートロングの髪を靡かせた、大人っぽい綺麗な女性。
　どきりと、心臓が嫌な音をたてる。
　だ、れ……？
「……神崎さん」
　女の人を見て、笑顔で呟いた京ちゃん。
　その笑顔は、私に見せてくれなくなった笑顔だった。
「ごめんなさい……こんな待ち伏せするような真似……」
　照れ臭そうに笑う女の人。
　その声に、どこか聞き覚えがあった。
　……あっ。

京ちゃんが電話くれたときの……。
『京壱くん！』
　前に京ちゃんと電話で話していたときに、京ちゃんの名前を呼んでいた人……っ。
「いえ、会えて嬉しいです」
　ゆっくりと女の人に近づいて、優しい声でそう言う京ちゃん。
　言われた女の人も、嬉しそうに頬を染めている。
　この場にいたくない。
　そう思うのに、動けない。
　そのとき、女の人が私に気づいて、ちらりとこっちに目を向けた。
「あの、この子は……？」
「ああ、僕の幼なじみです」
「……っ」
　きっぱりとそう言った京ちゃんに、今度こそ、思考が停止したのがわかった。
　"幼なじみ"って言ってた……"彼女"じゃなく……。
　もう、ダメなんだ。
　何度も何度も考えた。
　仲直りする方法。前の……優しい京ちゃんに戻ってもらう方法。
　でも、もう無理なんだ……。
　もう、頑張ったって、京ちゃんの中には……。
　私への気持ちは、残ってないんだ……っ。

現実を突きつけられて、頭を鈍器で殴られたような衝撃が走った。
　辛くて苦しくてたまらなくて、でも涙は出ない。
　ただ、ぼうっと2人の姿を見つめる。
「今日はどうかしましたか？」
「あの……このあとお時間あるかしら？　よかったら、お食事でもどう……？」
「もちろんです、行きましょうか？」
　私は傍観者(ぼうかんしゃ)になって、その光景を見守るしかなかった。
「ごめんね乃々、一緒に帰れなくなって。1人で帰れる？」
「……う、うんっ」
　大丈夫だよ。
　もう、ちゃんとわかったよ、私……。
　だから……早く、行って。
　私が泣き出す前に、私の前からいなくなって……っ。
「乃々」
　私の願いとは裏腹に、京ちゃんはなぜか立ち止まって私の顔をじっと見てくる。
「他に、言うことないの？」
　まるで、何かを求めているような言い方だった。
　でももう、私にはそれがなんなのかなんてわからない。
　京ちゃんは、卑怯だよ。
　私を置いて行くなら……早く、行って。
「……私、か、帰るねっ……」
　京ちゃんが行かないなら、私が立ち去ろうと思い、2人

の前を横ぎる。
「バイバイ京ちゃん……また、明日っ……」
　今自分ができる精一杯の笑顔で、京ちゃんに手を振った。

　２人から逃げるように学校を出て、私は１人で帰り道を歩く。
　忙しいなんて言っていたのも、きっと嘘だったんだろうな……。
　私の家には来られないけど、女の人と食事に行く時間はあるなんて、変だもの。
　聞きたいことは山ほどあった。
　あの女の人は誰？
　京ちゃんはまだ……少しでも、私のこと好きでいてくれてる……？
　もう、完全に嫌いになっちゃった……？
　もしかして、私よりさっきの女の人のほうを、好きになったとか……？
　京ちゃんにはもう……私は、いらないっ……？
　……なんて……聞かなくったって、もう答えはわかっていた。
　認めたくなかっただけで……でも、もう認めざるを得ないよね。
　これ以上京ちゃんに縋りついたら、もっと惨めになってしまう。
　この数日私がした努力は、全部無駄だったんだ。

……どこで間違えちゃったんだろう……。
「……っ」
　隣に京ちゃんがいない帰り道。人通りの少ない道で、これからずっと1人なんだと思うと、自然と溢れてきた涙。
　我慢していたものが一気に溢れてきて、歩く足を止めた。
　立っているのも辛くて、その場にしゃがみ込む。
　頭の中が真っ白で、もう何も考えたくなかった。
　私……京ちゃんに捨てられちゃったんだ……。
　きっともう何を言っても、戻ってきてはくれない。そんな気がした。
　……精一杯、頑張ったのに……。
　京ちゃんに許してほしくて、仲直りしたくて……私は……一生懸命頑張ったつもりだったっ……。
　それなのに――。
「百合園？」
　背後から、名前を呼ばれた気がした。
　……え？
　だ、れ……？
　ゆっくりと顔を上げて、振り返る。
　そこにいたのは……。
「……っ、お前、どうした……？」
　私の顔を見て、すぐにこちらへ駆け寄ってくるその人。
「大輝、さん……」
　どうして、ここにいるの……？
「なんで泣いてるんだよ……」

走ってきてくれた大輝さんは、心配したように私の顔を覗き込んでくる。
　今日は、ついてない日だ……。こんな情けないところ、見られてしまった……。
「ごめん、なさいっ……大丈夫、です……」
　立ち上がって、なんとか笑顔を作るけど、涙が止まってくれない。
　もう、ぐちゃぐちゃ……こんなところ……見られたくなかったっ……。
　泣き顔を見られたくなくて、両手で顔を覆う。
　できれば、もう私なんか放っておいてほしい。
　そう思ったのに……。
「大丈夫じゃねーだろ」
　私の身体が、温かい体温に包まれた。
　……え？
　大輝、さん……？
　抱きしめられていると気づいたときには、もう身体は離れていた。
「立てるか？」
　私の肩を優しく掴んでくる大輝さんに、こくこくと首を縦に振る。
「……来い」
　今度は手を掴んで、強引に歩き出した。
　大輝さんがいったいどこに向かっているのかはわからないけど……。

……握られた手が温かくて、酷く優しかったから、抵抗する気も起きなかった。

　連れてこられたのは、バイト先だった。
「あの、今日は定休日じゃ……」
　大輝さんは店長である羽山さんの息子だから、お店の鍵を持っている。
　でも、どうして、ここに……？
「いいから」
「座れ」と言われて、促されるままにカウンターに座る。
　キッチンに入り、何かを作っている大輝さんを、ぼうっと眺めた。
「……ほら」
　私の前に出されたのは、うさぎのラテアートが施されたカフェラテ。
「わっ……」
　す、すごいっ……！
「可愛いっ……」
　とっても可愛いうさぎに、目が輝いた。
　それに、大輝さんがラテアートができるなんて知らなくて、二重に驚いてしまう。
　……あれ？
　そういえば、カフェラテはメニューにあるけど、ラテアートなんてサービスはしていなかったような……？
「それもスペシャルメニューだから」

まるで私の心を読んだように、そう言ってきた大輝さん。
　スペシャルメニュー……？
　もしかして大輝さん……私のことを元気づけようとしてくれているのかな……？
　……本当に、優しい人だなぁ……。
　ほんのちょっと前まで、この世の終わりみたいな気分だったのに……。
　大輝さんの優しさに、一気に心が温かくなる。
「いただきます」
　そっとコーヒーカップを持って、ひと口飲む。
「……美味しい」
　冷えていた身体が、心が……芯から温まっていくみたい。
　うさぎさんを崩さないように、ゆっくりと味わう。
　そのとき、じっと注がれていた大輝さんの視線に気づいて、首を傾げた。
「……何があった？」
「っ、え？」
「話せよ。1人で泣くくらい、限界だったんだろ？」
「……っ」
　この人はどうして、いつも私の心を見透かすんだろう。
　どうしていつも……沈んでいるときに、優しくしてくれるんだろう。
「誰もいないから、ゆっくり話してみろ」
　優しい声でそう言われて、じわりと涙が視界を歪ませた。
　誰かに聞いてほしくて、頭の中を整理したくて、私はこ

ここ数日間の出来事を大輝さんに話した。
「……なんだよそいつ、カスみたいな男だな」
　話し終わって、大輝さんが低い声でそう言った。
「ち、違うんです……。きっと私が、怒らせてしまったんだと思います……」
「もしお前が怒らせるようなことをしたとしてもだ。お前を泣かせていい理由にはならねーだろ」
　そう言った表情は怒りに満ちていて、どうしてそんなに怒ってくれるんだろうと不思議に思う。
「お前、男の趣味悪すぎ」
　聞いてくれたことはすごく感謝しているけど、それはきっと違う……。
　京ちゃんは、世界で1番、かっこいい。
　一瞬でも、私なんかが彼女になれたことが夢みたいなくらい素敵な人で……。
「京ちゃんは、誰よりもかっこよくて、優し……」
　そこまで言いかけて、言葉が詰まって喉の奥から出てこなくなった。
　優しいんですと言いたかったのに、その言葉がどうしても出てこない。
　京ちゃんは、本当に……。
「優し……かったん、です」
　今はもう……私に向けられていた優しさはなくなってしまったけど。
　止まっていたはずの涙が、すっと一筋溢れた。

頬を伝った涙は、そのままカウンターにポツリとこぼれ落ちてしまう。
「……もうやめとけ」
　大輝さんの声に、恐る恐る顔を上げる。
　視界に映った大輝さんの顔は……なんだか苦しそうに、歪んでいた。
「過去系になるくらいの恋愛なら、これからもお前が傷つくだけだ」
「……」
「否定できないだろ？」
　悲しくてたまらないけど、大輝さんの言うとおりだった。
　きっとこのまま京ちゃんに縋りついたとしても、傷つく未来しか見えない。
　もっと自分が、惨めになっていくだけで、私の独りよがりな恋愛になる。
「……別れたいとは、思ってないです」
「お前な──」
「ただ……」
　大輝さんの声を遮って、ずっと思っていた本音を零した。
「ただ、戻り、たい……」
　不可能だってわかってはいるけど、それでも……。
「あの頃の、優しかったときに……ただの幼なじみの関係に、戻りたいっ……」
　もう私を好きじゃないなら、それでもいい。
　ただ、私が大好きな京ちゃんに、戻ってほしかった。

幼なじみでいいから、恋人じゃなくていいから……優しく微笑んで、"乃々"って呼んでほしい。
　もう、それだけでいいからっ……。
　店内は、私の涙がテーブルにポトリと落ちる音さえ聞き取れるほど静かだった。
　静寂を破るように、大輝さんが口を開く。
「……別れてこいよ」
　ごくりと、息を呑む。
　わかっている。こんな中途半端なままじゃどうにもならない。
　京ちゃんはもう、付き合っている気はないかもしれないけど、こうなった以上……ちゃんと話して、今の関係を終わらせなきゃダメだ。
「で、もっ……」
　わかっているけど、怖いんだ。
　はっきりと、別れを口にすることが。
「そいつがいなくなった場所は、全部俺が埋めてやるよ」
「……え？」
　大輝さんの手が、私の頬に添えられた。
　吸い込まれるような瞳にじっと見つめられ、首を傾げる。
「どういう意味、ですか……？」
　そう聞いた私に、大輝さんはふっと笑った。
「……そいつと別れたら、教えてやる」
　別れたら……。
　その言葉に、改めて"京ちゃんと別れる"という未来に

直面した気がした。
　仕方ない……京ちゃんの気持ちがもうないなら、どうしようもない。
　いくら私の気持ちが強くったって、覆（くつがえ）せない。
　京ちゃんの気持ちは変えられない。
　このままこの気まずい関係を続けるくらいなら……。
　幼なじみに戻って、そばにいるほうがマシだっ……。
「そんな顔すんな」
　なぜか私よりも苦しそうな顔をして、頭を撫でてくる大輝さん。
「大輝さん……ありがとうございます……」
　相変わらず涙は止まらなかったけど、感謝の気持ちを込めて、精一杯の笑顔を向けた。
　大輝さんのおかげで、決心がついた気がする。
　今度こそ……ちゃんと話そう、京ちゃんと。
「おう、泣け泣け。いっぱい泣いていっぱい食え。ケーキ出してやるよ」
「い、いいん、ですかっ……？」
「特別な。お前がバイト中に食いたそうに見てたやつ、全部持ってきてやる」
　えっ……！
　こんなときなのに、美味しいケーキにつられて自然と頬が緩む。
「しんどいときは、ちゃんと甘えろ。……俺に」
　大輝さん……？

何か呟いた気がしたけど、私が聞き返すよりも先にケーキを取りにキッチンに戻っていった大輝さん。
　少しして大輝さんが持ってきてくれたケーキの山は、私が食べたいと思っていたものばかりだった。
　このときの私は自分のことでいっぱいで、全然気づかなかったんだ。
　どうして大輝さんが、私が見ていたケーキを憶えていたのか……。
　どうしていつも、私が助けを求める前に気づいてくれるのかなんて……。

「あなたみたいな人は、一番厄介なんですよ」＊side京壱

　乃々が男と遊ぶと言い出した日から、俺は乃々に冷たくなった。
　もちろん、意図的にだ。
　荒療治(あらりょうじ)だとは思ったが、乃々がもうこれから他の男の名前を呼ばないように、間違っても他の男と約束なんてしないように……。
　他の男と関わったら、俺が冷たくなるとわからせないといけない。
　そうしたら、今後こんなことはなくなると思ったから。
　俺に冷たくされて泣きそうな乃々は可哀想だったけど、それだけ乃々が俺を好きだということも伝わったし、順調だと思っていた。
「きょ、京ちゃんっ」
「ん？」
　乃々に呼ばれて返事をすると、恐る恐る、機嫌を伺うような視線を向けられた。
「今日、よかったら……私の家に来てくれないかな……？」
　一生懸命誘っているその姿に、胸がときめく。
　あ　……可愛い。どこまでも可愛い。
　今すぐ抱きしめて、俺の腕の中に閉じ込めてしまいたいくらい。
　……でも、まだダメかな。

「あのね、美味しいコーヒー豆をもらって——」
「ごめん、今日も忙しいんだ」
　もう少し、困らせてやりたかった。
　俺が嫉妬で気が狂いそうなのと同じくらい、乃々も俺のことで悩めばいい。
　乃々がぐちゃぐちゃに泣きついて、"もうあの男とは遊ばない"って言うまでは……許してあげない。
「そ、そっか……」
　あからさまにショックを受けている乃々を横目で見ながら、ため息が溢れそうになった。
　ほんと、可愛い……。
「帰ろっか？」
「う、うんっ……！」
　正直なところ、俺もそろそろ限界だった。
　最近はいっさい乃々に触れていないし、まともに目も合わせていない。
　大好きな笑顔も見ていないし……。
　乃々が泣いて縋ってくるのを、ただ待つばかりだった。
　一緒に帰るため、校舎を出て正門を抜ける。
　……はずだった。
「京壱くんっ……！」
　正門の向こう側から、走ってきた女の影。
　どうしてこいつがここにいるんだろうと思いながら、得意の作り笑顔を浮かべる。
「……神崎さん」

こいつの名前は神崎……下の名前は記憶にない。
　父親の取引先の令嬢で、最近俺につきまとっている女の1人だった。
　外堀を埋めようとしているのか、俺との婚約話を匂わせている厄介な女。
　俺は、乃々と出会ったときから結婚することは決めていて、周りには婚約者がいると公言している。
「ごめんなさい……こんな待ち伏せするような真似……」
　奥ゆかしい女でも演じようとしているのか、わざとらしく髪を耳にかけ、申し訳なさそうな表情をしている女に内心吐き気がした。
　面倒だから、そんなこと口にはしないけど。
「いえ、会えて嬉しいです」
「あの、この子は……？」
　乃々を指してそう言った女に、悪いことを思いついた。
「ああ、僕の幼なじみです」
「……っ」
　俺の言葉に、乃々があからさまに反応する。
「今日はどうかしましたか？」
「あの……このあとお時間あるかしら？　よかったら、お食事でもどう……？」
「もちろんです、行きましょうか？」
　笑顔でそう言って、俺は乃々のほうを向いた。
　視界に映った乃々の表情は、今にも泣きそうな顔をしていて、それにたまらなく興奮する。

ほら、乃々……。
「ごめんね乃々、一緒に帰れなくなって。1人で帰れる？」
「……う、うんっ」
　うん、じゃないでしょ？
　引き止めないと……俺が他の女とどこかへ行っちゃってもいいの？
　逆の立場だったら、俺は絶対に許さないよ。
　好きだったら……当然だ。
　乃々には嫉妬とか、そういう感情はないの？
　俺の気持ちはわからない？
　それとも、やっぱりそこまでは俺への気持ちはないってこと……？
「乃々」
　俺が常に嫉妬にかられているように、乃々もヤキモチを焼いて。
　もっと、俺のことを独占して。
　乃々がひと言"行かないで"って言えば、俺はどこへも行かないから。
「他に、言うことないの？」
　あんまりにも乃々が鈍感で、何も言わないから、俺からチャンスをあげた。
　すべてを諦めたような悲しそうな瞳と目が合って、瞬間、罪悪感が湧き上がる。
　……ヤバい。
　そのとき、初めて気がついた。というより、我に返った

んだ。
「……私、か、帰るねっ……」
　俺が求めている言葉とは、まったく違うセリフを吐いて、乃々が俺たちの前を通り過ぎる。
　その顔に浮かべられていた笑顔は、もう笑顔なんて呼べないほど、酷く悲しげなものだった。
「バイバイ京ちゃん……また、明日っ……」
　そう言い残して、早足に正門をくぐっていった乃々。
　俺は、何をしているんだろう。
　俺がしていることは……俺が乃々にされて傷ついたことと同じだ。
　いや、悪意がない乃々よりも、俺のほうがずっとタチが悪いはず。
　乃々にヤキモチを焼いてほしいからって、俺の気持ちをわかってほしかったからって……やりすぎた。
　さっきの乃々の表情が、頭から離れない。
　以前、付き合い始めて間もない頃に同じようなことをしたのを思い出す。
　数十秒前の乃々の、一生懸命作ったような笑顔を思い出して、このまま愛想をつかされてしまったらと、どうしようもない焦りが込み上げた。
　もう幼稚な真似はやめよう……。
　こんなことしなくったって、正直に話せばよかったんだ。
　他の男と遊ぶ約束をされて嫌だったって。
　平然とそれを俺に言ってくる乃々の気持ちもわからな

かったし、これからはそんなことしないでほしいって。
　また子供みたいなことをして、冷たくして、八つ当たりのような態度を取ってごめんって……謝らないと、手遅れになってしまう気がした。
「京壱くん、行きましょう」
　まるで邪魔者がいなくなったとばかりに、俺の腕を組んできた女。
「……そうですね」
　……面倒くさいことこの上ないけど、とりあえずこの女と２人きりになれる場所に移動しよう。
　手を引かれるまま、女の車に乗る。
　俺は行きつけの店を指定して、運転手に向かわせた。
　本当はここできっぱりと断って、乃々のところへ向かいたいけど……車内はドライブレコーダーがあるから、"椎名グループ"の顔をつぶすわけにはいかない。
　指定の店について、個室に案内される。
　入るや否や、ふぅ……と息を吐いた。
「さ、ゆっくりお食事しましょう」
「……いえ、僕は帰ります」
　お前と食事をともにする理由も、時間もない。
「え？　何を言ってるの京壱くん……まだ来たばかりじゃない……」
「ひと言言いたいことがあったので、移動しただけですよ」
　あんな正門の前で立っていたら目立つから、誰にも聞かれずに話せる場所に移動したかっただけ。

「話……？」
「金輪際、僕に近づくのはやめていただけますか？」
「えっ……？」
　俺の言葉に、女はまるで、どうして？とでも言いたげな表情をした。
　建前上愛想よく振る舞っていたが、ここまでおめでたいヤツだとは思わなかった。
　というより、もうどうしようもないバカだな。
「僕に婚約者がいると、知っているはずですよね？　聞きましたよ、僕から婚約の話を匂わされていると周囲に話して回ってるって」
「……っ」
「中小企業の成り上がり令嬢でも、もう少し品を身につけたほうがいいかと思いますけど」
　俺はどうやら、第一印象で優しいと思われることが多く、今までいろんな女に言い寄られてきた。
　うまく交わしているが、たまにこういう面倒な女がいる。
　俺が心から優しくしているのは乃々だけで、他のヤツにはただそうしていたほうが楽だから、愛想よくしているだけだ。
　乃々以外の女は、俺にとって心底どうでもいい存在。
「あなたみたいな人は、一番厄介なんですよ。っていうより、迷惑です」
　今まで黙っていたが、学校まで押しかけてくるとは思わなかった。

これからもこんなことがあったら困るから……今のうちに、はっきり言っておこう。
「酷い、京壱くんがそんなこと言う人だなんて……」
「はい、どうぞ勝手に失望してください。今後お会いすることがあっても、僕の視界に入らないでくださいね」
　そう言って、個室をあとにしようと足を1歩踏み出す。
「婚約者って、さっきの女の子なんでしょう……!?」
　女の言葉に、ピタリと足を止めて振り返る。
「どこの令嬢なの？　見たことないわあんな子。私のほうがきっと……あなたの力になれるっ……。もし言い寄られているなら、私がパパにお願いして、あの子を……」
「——おい」
　俺にとって最大のタブーに触れたその口を塞ぐように、女の顔を鷲掴みにした。
　少し力を入れすぎたのか、女が「ひっ……」と声をあげ、手を払いのける。
　少しでも、乃々に危害を加えようと考えたこの女を野放しにするわけにはいかなかった。
「勘違いも大概にしろ。お前の微力にもならないものなんか必要ない」
　乃々に少しでも関わるというなら、この勘違い女に死にたくなるような体験をさせてやる。
　女に手を上げるのは趣味じゃないけど、乃々に危害を加えるものは徹底的に排除する。
　……俺がこの世で守りたいのは、乃々だけだから。

「あの子に手を出したら、お前もお前の周りの人生も、滅茶苦茶にしてやるからな」
「……っ」
　ちゃんと意味は伝わったのか、崩れるようにその場に座り込んで、涙を流しながら何度も首を縦に振っている女。
　俺はテーブルの上にあるナプキンで女の顔を掴んだ手を拭いて、にっこりと笑顔を浮かべた。
「さよなら、神崎さん」
　もう一生、俺の前に現れるな。
　店を出て、待たせていた車に乗り込む。
　スマホを取り出して、乃々に電話をかけた。
　プルルルル、プルルルル──。
　4度目のコールでようやく繋がった。
「もしもし、乃々？」
『……はい』
　電話越しに聞こえた声は、泣いたあとみたいな掠れた声。
「今日、会えないかな？　乃々の家に行ってもいい？」
　できるだけ優しい声で話して、お願いする。
　今まで酷い態度を取ってしまったから、断られるかもしれないと思ったが、杞憂(きゆう)だった。
『うん……』
　許可をもらえたことに、ほっと胸を撫でおろしたのも束の間、『私も、話があるの。夜で、いい？』と、乃々。
　……話？
　乃々の言葉に一瞬違和感を覚えたが、とにかく話せる時

間を作ってもらえるなら今はなんだってよかった。
「わかった。それじゃあ19時頃に行くよ」
　そう約束をして、電話を切る。
　ちゃんと……謝ろう。
　謝って、話し合って、そして……。
　たくさん抱きしめて、愛していると伝えたい。
　スマホを握りしめて、窓の外を見る。
　このときの俺は、乃々がどんな思いで俺の電話に出たのか、少しもわかっていなかった。

「…………は？」

『もしもし、乃々？』
「……はい」
『今日、会えないかな？　乃々の家に行ってもいい？』
「うん……私も、話があるの。夜で、いい？」
『わかった。それじゃあ19時頃に行くよ』
　京ちゃんからの電話を切って、ふぅ……と吐息を吐く。
　大輝さんに話を聞いてもらって、家に帰ってきて、倒れるようにベッドに身を投げてからすぐだった。
　もう、決心は固まっていた。
　19時って言ってたな……京ちゃん。
　恋人でいられる時間もあと僅かだと思うと、胸がキリキリと痛んだ。
　でも……このままの状態じゃ、辛いだけだから。
　幼なじみに戻ったほうが、きっと幸せになれる。
　そう言い聞かせて、ぼうっと時間が経つのを待つ。
　恋人になってからの出来事、思い出が、頭の中に蘇る。
　自然と溢れるのは涙じゃなくて、笑顔だった。
　だって、幸せだったから……。
　恋人になんてなれるわけないって、望むことすら諦めていた京ちゃんの恋人になれて……。
「京ちゃん……大好き……」
　誰もいない部屋に、私の声だけが響く。

きっともう伝えることはないそのセリフは、誰にも届かず静寂に溶けた。

　──ピンポーン。
　インターホンの音が鳴って、玄関に向かった。
　扉を開けると、そこには私服に着替えた、京ちゃんの姿。
　白いジーンズに、黒のタートルネック、青いチェスターコートを羽織っている。
　京ちゃんはモデルさんみたいにオシャレだな……スタイルがいいし、なんでも似合う。
　かっこいいなぁ……と、こんなときに見惚れてしまった。
「どうぞ、入って京ちゃん」
「うん、お邪魔します」
　どこか元気がない様子で、家に上がる京ちゃん。
　でも、今までの冷たい空気は全然なくて、少しだけホッとする。
　今なら、ちゃんと私の話も聞いてくれそう。
「今日はお母さんたちは？」
「２人ともお仕事で遅くなるの」
「そっか……」
　京ちゃんにはソファに座ってもらい、「待っててね」と伝えて私はキッチンへ向かった。
　夜になって冷え込みが強かったんだろう。京ちゃんの鼻の頭が真っ赤だった。
　あったかいコーヒーを用意しようと、大輝さんに教わっ

たとおりにコーヒーを淹れる。
　……こんな感じ、かな……？
　大輝さんのようにうまくはできなかったけど、淹れたコーヒーをすぐに京ちゃんのもとへ運んだ。
「京ちゃん、どうぞ……」
「……ありがとう」
　あっ……。
　笑顔で受け取ってくれた京ちゃんに、一瞬動けなくなってしまった。
　久しぶりに、私に向けられた笑顔を見たから。
　たったそれだけのことで泣きそうになる。
　ぐっと堪えて、京ちゃんの向かいに座り、コーヒーを飲む京ちゃんを見つめた。
「……うん、これすごく美味しい」
　驚いている京ちゃんの姿に、もっと嬉しくなる。
　よかったっ……。
「えへへ……ありがとう」
　最後に、褒めてもらえて……。
　大輝さんに教わって、よかった。
「ねぇ、京ちゃん」
「ん？」
「私から、話してもいい？」
「うん、どうしたの？」
　優しい聞き方に、さっきから感じていた疑問は膨らむばかりだった。

どうして急に……いつもの優しい京ちゃんに戻ったんだろう……？
　放課後までは、冷たかったのに……。
　でも……もう、関係ないよね。
　私はもう、決めたんだもん。
「あのね……」
　ゆっくりと口を開いて、本当は言いたくなんてなかった言葉を吐き出した。
「わ、別れよう……？」
　……言えた。
　気づかれないように、そっと胸を撫でおろす。
　少しの沈黙のあと、
「…………は？」
　激しく動揺している、京ちゃんの声がリビングに響いた。

「そんなこと言うの、反則でしょ」＊side京壱

「あのね……」
　ゆっくりと口を開いた乃々の言葉に、耳を傾ける。
「わ、別れよう……？」
　その言葉の意味を理解するのに、少し時間がかかった。
　別れよう……？
　今、そう言ったのか？
「…………は？」
　乃々から出たそのセリフを受け入れられなくて、信じたくなくて、脳が理解するのを拒んだ。
　そんな俺をよそに、乃々は話を続ける。
「私ね……京ちゃんといちゃダメだと思うの」
　乃、々……？
「だから……今日で、恋人やめたい……」
　やめたい、って……。
　それはいったい、どういう意味で言ってるんだ……？
「……何、言ってるの？」
　聞き返した俺の声は、自分でも笑うほど情けなく震えていた。
　手の震えも止まらず、ただじっと乃々を見つめる。
「何がダメ？　意味がわからないよ、乃々……」
　別れたいって、やめたいって……それはつまり……。
　──俺から、逃げたいってこと……？

一番聞きたくなかった言葉を投げられて、ひどい目眩に襲われた。
　心なしか、息をするのも苦しい。
　乃々が俺の前からいなくなると思うだけで、もう正常ではいられなかった。
　俯きながら、再び口を開く乃々。
「京ちゃん……最近私といるとき、ずっとイライラしてる」
　あぁこれは、乃々を傷つけた俺への罰か。
　自業自得すぎて、反論する言葉も出てこなかった。
「私が原因だってことはわかるのに、どうしていいかわかんない」
「……」
「京ちゃんがそこまで怒ってる理由も、仲直りする方法もわからなかった。たくさん、たくさん考えたのに……こんなんじゃ、京ちゃんに呆れられても仕方ないって……私、彼女失格だった、よね……」
　乃々の言葉に、首を横に振って否定する。
　違う、そうじゃない。
　俺の話を聞いて。
「待って乃々、違うから。俺は別に怒ってるんじゃない。それに、乃々が彼女失格だなんて、そんなことは絶対にないから」
　失格なのは俺のほうで、まさか"別れ"を決断させるほど悩ませていたと思わなかった。
　一番近くで、乃々だけを見て生きてきたのに。

その乃々のことさえも、気づかなかったなんて。
「……でも、やだ」
「乃々……」
「怒ってる京ちゃん、怖い……」
　そう言った乃々の瞳には、涙が滲んでいた。
「いつ嫌われるのかって、もう嫌われちゃったんじゃないかって毎日びくびくして、最近京ちゃんといるの……すごく、辛かったっ……」
「……っ」
　乃々の泣き顔に、胸がえぐられるような痛みが走った。
　傷ついていることも、怯えていることも、不安がっていることも気づいていたのに……。
　……本当に俺は、何をやっているんだろう。
「だから、恋人やめたいっ……幼なじみのときの、優しい京ちゃんに戻ってほしい……」
　はっきりと言われたその言葉に、ごくりと息を呑む。
　俺は酷く動揺して、もう完全に我を失っていた。
　冷静さなんて少しも残っていなくて、乃々の恋人でいられなくなると考えるだけで目の前が真っ暗になった。
「ちょっと待って。いったん落ち着いて。俺が悪かったから、そんなこと言わないで、乃々」
「京ちゃんは悪くない……悪いのはわたし……」
「違うよ、乃々はなにも悪くない。だから別れるなんて言わないで」
「ううん……私が……」

「ちょっと黙って乃々!!!!」
　自分でも驚くほど、大きな声が出た。
　乃々が、びくりと肩を大きく震わせる。
　しまったと思ったときにはもう手遅れで、乃々は完全に怯えた表情で俺を見ていた。
「ご、めん……怖がらせるつもりじゃないんだ……」
　俺はただ、ちゃんと話がしたくて……。
　誤解を解きたくて、謝りたいだけなんだ。
　別れるだなんて、それだけは死んでもありえないから。
「乃々、落ち着いて、ちゃんと話し合おう。お願いだから」
「……ご、めん、なさ……」
　そっと肩を掴んで、優しくそう言った俺に返ってきた乃々の言葉は。
「もう……話すこと、ないっ……」
　今度こそ、目の前が真っ暗になる。
「考えて考えて、出した結論なの……」
　乃々の表情は、もうすっかり決心を固めたと言っているようだった。
　……嫌、だ。
「ごめん……ごめん乃々……もう冷たくしないって約束する。だから、別れるなんて悲しいこと言わないで」
　無理だ、乃々を手放すなんて、俺には考えられない。
　悪いところはすべて直す。見た目も中身も何もかも乃々の好みになれるように努力するから、考え直して……っ。
　捨てないでくれと、縋りつきたい気分だった。

「違うよ……私、京ちゃんに無理させたいわけじゃないから……そんなの変でしょう……？」
「変でもなんでも……俺にとっては乃々がいなくなることのほうが耐えられないっ……」
「いなくならないよ。幼なじみに戻るだけ……幼なじみのときは、ケンカもしなかったし、仲良しだったでしょう？だから……」
　何を言ってるの、乃々……？
「本当に、俺と別れたいの……？」
　幼なじみに、戻るだなんて……そんなこと、できるわけない。
　幼なじみは、一生一緒にはいられないんだよ？
「別れたいってわけじゃ……でも、そうするのが最善だと思ったの」
　俺から離れて、他の男と付き合って、他のヤツのものになるの……？
　そんなの、俺が許すと思う……？
「俺、逃さないって言ったよね……？」
　忘れたの……？
　もしこのまま、本当に別れるつもりなら……。
　今すぐに攫（さら）って、誰にも見つからない場所に閉じ込めてしまおう。
　だって、あり得ない。
　俺にとって乃々は必要不可欠で、乃々がいなくなってしまうなら……。

「乃々がどれだけ嫌がったって、絶対に離してあげない。だって、乃々は俺の全部だから」
　俺の存在価値もなくなってしまう。
　この世で生きる理由が、乃々しかない俺にとって。
「絶対、何があっても離——」
「う、そ」
　……え？
　俺の言葉を遮って、少し大きな声でそう言った乃々。
「私が全部なんて、うそっ……大好きって、飽きるわけないって言ってたのに……っ」
　ポロポロと大粒の涙を零しながら、必死に言葉を紡ぐ姿に目を見開いた。
「何度も謝ろうと思ったのに、チャンスさえも、くれなくて……私より、他の女の人、選んだもんっ……」
　こんなにも感情をむき出しにしている乃々の姿は、生まれて初めて見た。
　怒っているとか声を荒げているとか、そういうことではない。
「もう、やだっ……あんな気持ち、したくないよぉっ……」
　ただ……。
「京ちゃんのこと大好きで、どうしようもないの、もうやめたいのっ……」
　——乃々の全身が、悲しいと訴えているみたいだった。
　俺が好きでたまらなくて苦しいと、まるで愛の告白を受けているみたいだった。

「乃々……」
　さっきまで、どうやって繋ぎ止めようかと、そればかり考えていたのに、今は必死に、この愛しい存在を泣き止ませてあげる方法を考えていた。
　込み上げてくる愛しさで、どうにかなってしまいそう。
　乃々は純粋で、鈍感で、俺の愛にはとことん疎いと思っていた。
　でも……もしかしたら、それは俺も一緒だったのかもしれない。
　こんなふうに思われていたなんて、少しも自覚していなかったんだ。
「……乃々、聞いて」
　泣き疲れたように、ぐったりと俯く乃々にそう言った。
「……」
「わかった。勝手に話すから、聞いてて」
　返事は返ってこないが、じっと黙り込んでいる乃々に、俺は自分の話を始める。
「羽山大輝って男と乃々が遊ぶって聞いて、ショックだった。別に乃々を責めてるわけじゃないからね？　ただ……俺1人ばかりが嫉妬して、乃々は嫉妬しないから、する側の気持ちがわからないんだって思ったんだ」
　ピクリと、乃々の肩が動いたのを見逃さずに、そっと頬に手を添える。
　乃々の顔を覗き込んで、親指で涙を拭った。
「だから……意地悪なこと、した」

自分のセリフに、どこまでも情けない男だと呆れる。
　でも……取り繕った言葉を吐くよりも、自分の気持ちを正直に話したい。
「冷たくしたのも、あの女についていったのも、乃々の反応を見たかったから。飽きたとか、そんなわけない。本当に俺は……乃々のことが、好きで好きで仕方ないんだ」
　そのほうが……ちゃんと伝わると思ったから。
「この前同じようなケンカをしたばかりなのに、またこんなことして……本当にごめんね。今日、乃々の傷ついた顔を見て、俺は何やってるんだろうって反省した……」
「……」
「こんなふうになるまで傷つけて、本当にごめん。もう不安にさせるようなことはしないって約束する。俺、もう乃々を困らせるようなことしないから……お願い」
　じっと黙り込んでいる乃々を、優しく優しく抱き寄せた。
「別れるなんて、言わないで……」
　もう怯えさせないようにしようと思ったのに、その言葉を口にするとき、つい腕に力が入ってしまった。
　お願いだから、伝わってくれ。
　どれだけ俺が……。
「俺は、乃々がいないと生きていけない……」
　——乃々を愛しいと思っているか……。
　今まで固く口を閉ざしていた乃々が、ゆっくりと顔を上げた。
「京ちゃん……」

泣きすぎて赤くなった瞼が痛そうで、優しく指でなぞる。
　乃々は俺を見つめながら、そっと口を開いた。
「私が話そうとしてたこと、聞いてくれる……？」
　少しでも俺の気持ちが伝わったのか、乃々の口調が穏(おだ)やかになり、ホッとする。
「うん……聞かせて」
「映画のことなんだけどね……」
　俺は、乃々の話に耳を傾けた。
「お母さんにチケットをもらったの。本当は京ちゃんを誘おうと思ったんだけど、電話で、日曜日に予定が入ったのが聞こえたから、誘ったらダメだと思って……」
　電話……？
　記憶を巡らせると、そういえばバイト先に送っていく最中、そんなことがあったなと思い出す。
　そっか……俺を先に誘おうとしてくれたのか。
　そんな事実に、少しだけ優越感を感じる単純な自分。
「それでね、バイト先の大輝さんって人と祐希さんって人にあげようと思ったら、3人で行こうって祐希さんが提案してくれて……」
　え？
「……3人？」
「うん……祐希さんは女の人だから、3人だったら京ちゃんも嫌がらないかなって思って……」
　……ちょっと待て、確か、乃々はその羽山って男と、2人で行くって……。

『バイト先の人だよ。大輝さんと……』
『あ、あのね、違うの、映画は大輝先輩と、ゆう――』
　乃々が言いかけた言葉を遮った自分の行動を思い出し、俺は頭を押さえた。
　……最悪だ。ありえない。
　全部、俺の勘違いだったのか……。
「……でも……京ちゃんは３人でも嫌だったんだよね、ごめんなさいっ……」
　申し訳なさそうにする乃々に、罪悪感でいっぱいになる。
　確かに、男がいる状態が嫌だから、３人だとしても許さないけど、それとこれとは別だ。
　よくよく考えれば、乃々がそんなことするはずなかったのに……。
　鈍感で天然だけど、すごく気が使えて、人が嫌がることは絶対しない。
　新川和己の一件があって、俺が男と２人になることを嫌がっていると知っている乃々が……そんな無神経なこと、するはずがなかったんだ。
　そんなことにも気づかずに俺は、勝手に裏切られたような気分になって、冷たい態度をとって……本当に乃々の彼氏失格だ。
「３人で遊ぶのも、京ちゃんが怒ってたから次の日に断ったの。それもちゃんと、伝えたかったんだけど……」
　そう言いかけて、俯いた乃々。
　俺が……俺が乃々の話を、ちゃんと聞いてあげなかった

から……。
「……ごめん」
　無意識に溢れる、謝罪の言葉。
「完全に俺が悪い……１人で先走って空回りして、本当にごめん……」
　謝っても許されないけど、謝らずにはいられなかった。
「ううんっ……私も無神経だったっ……」
　眉の端を下げ、「ごめんなさい……」と謝ってくる乃々。
　意味がわからない。ここは普通、怒るところだろ……？
　こんなときなのに、乃々の優しさがどうしようもなく愛おしかった。
　同時に、自分の心の狭さや幼稚さが浮き彫りになる。
「乃々が謝る必要なんて１つもないから謝らないで。誤解して傷つけて、最低だね……俺」
　こんなの、"別れたい"って言われて当然だ……。
　乃々の立場になったら、どうして怒らなかったのか不思議なくらい。
「最低じゃないよ……？」
　首を傾げながらそう言ってくる乃々を、たまらず抱きしめた。
　もっと、文句を言っていいのに。
　罵倒されても仕方ないようなことをした俺を……どうしてこんなにあっさり許してくれるんだろう。
　そういうところが本当に……好きで好きで、たまらないんだ……。

この純粋さが汚されてしまわないように、俺がこの世のすべてから守ろうと改めて決意する。
　ぎゅうっと、抱きしめる手に力を込めた。
「でも……」
　ん？
　でも……？
「京ちゃん、私のことちょっと誤解してる……」
「……え？」
　いったいなんの誤解だ？ と思い乃々を見つめると、まだ少し潤んでいる瞳と視線が交わる。
「私、嫉妬……してるよ……？」
「……っ、え？」
　突然の告白に、口を半開きにして、間抜けな表情になってしまった。
　嫉妬……？　乃々が……？
「この前、正門で待っていた人いるでしょう？　すっごく美人だったから……京ちゃんの周りにはきっとこんな綺麗な人がたくさんいるんだろうなって思ったら、とても悲しかった……」
　……っ。
　まったく知らなかった乃々の気持ちに、心臓がバカみたいに飛び跳ねた。
「でも、京ちゃんはお家の会社のこともあるから、仕方ないって……我慢しなきゃって思って……」
　そんなこと、思っていたの……？

「京ちゃんのこと、困らせたくなかったっ……」
　うるうると、目に涙を溜めながら本音を零す乃々。
　もう、愛しさで頭も心もパンクしそう。
「乃々……」
　こんなにも俺を思って気遣ってくれていたのに、どうして俺は、乃々の健気な愛情に気づかなかったんだろう。
「俺のこと殴って」
「……えっ？」
「自分で自分が許せない……お願い、気がすむまで殴っていいから」
　あまりの罪悪感と乃々への申し訳なさにそう言ったけど、乃々が殴れないこともわかっていた。
　わかっていたけど、もういっそ殴ってもらわないと気がすまない。
「な、殴……そ、そんなのダメだよっ……！　私、怒ってないもん……っ」
　……なんで……？
「……どうして怒らないの？」
「どうしてって……」
「俺、最低なことしたのに……」
　絶対に別れてあげないし、そのお願いは聞けないけど、他の罰だったらなんでも受け入れる。
　そう思って乃々を見つめると、なぜか乃々は、俺を見て照れ臭そうに笑った。
「恋人がケンカしたときは、お互いさまだ……ってドラマ

で言ってた……」
「えへへ……」と笑う乃々に、もう俺は何も言えなくて、ただその笑顔に見惚れた。
「だから、私も悪い……ね？」
　乃々に出会って乃々を好きになって、俺のものにして一生隣にいるんだと決めていた。
　そのために努力してきたし、乃々のためならこれくらいの努力は努力のうちに入らないと思えた。
　だって、綺麗で無垢(むく)で優しくて、こんなにも愛しいと思える存在と出会えたことがとてつもない奇跡だ。
「……きょ、京ちゃんっ……？」
　抱きしめることしかできなくて、せめて自分の想いの強さを腕に込めた。
　乃々が少し苦しそうにしているけど、今は許してほしい。
　絶対に……誰にもあげない。
「乃々……」
　この子は俺だけの……宝物。
「俺とこれからも、恋人でいてくれる……？」
　抱きしめる腕を解いて、静かに乃々を見つめた。
　俺の視界が、乃々でいっぱいになる。
　乃々の瞳にも、俺だけが映っていて……。
　このまま時が止まればいいのにと、願わずにはいられなかった。
「……ケンカしても……無視しないで、私の話、聞いてくれる……？」

「うん、絶対。約束する」
「私のこと……捨てない……?」
「捨てるわけないっ……。乃々も、もう別れようなんて絶対に言わないでね……」
「う、うんっ……」
　こくこくと何度も首を縦に振る乃々が愛しくて、自然と笑顔が溢れた。
　そんな俺を見て、一瞬驚いたように目を大きく見開いた乃々の目に、次の瞬間止まっていたはずの涙が溢れ出した。
「う、うぇっ、ぇぇんっ……」
　我慢していたものが一気に溢れ出したのか、俺の胸にこてんと頭を預けて泣き出す姿がたまらなく可愛い。
「乃々……」
「私……京ちゃんにもっと、好きになってもらえるように頑張るっ……」
　もっと、なんて……もう無理だよ。
「これ以上なんてないくらい好きだよ」
　今でさえ、乃々のことが好きすぎてこんなことになっているのに……。
　俺の返事に、何を誤解したのか乃々は悲しそうに上目遣いで見つめてくる。
「……もう、これ以上は好きになれないって、こと……?」
　あぁもう、可愛、すぎ……っ。
「違うよ、泣かないで、乃々っ……」
　さっきの言葉は撤回する。だって今この瞬間も、"好き"

が限界という言葉を知らないかのように増しているから。
「京ちゃんの好きが、おっきくなくても……私が頑張るから、へーきっ……」
　完全に誤解している乃々が、そんなことを言った。
「もう、なに言ってるの……」
　俺の心臓を貫くには十分すぎる殺し文句で、はぁっと息が漏れる。
「乃々が可愛すぎて頭が痛い……」
「私、また京ちゃんのこと、イライラさせちゃった……？」
　またうるうるした瞳で見つめられ、慌てて否定した。
　あぁダメだ、鈍感な乃々には、きちんと言わないと伝わらないな……。
「可愛すぎて、たまらないってこと……」
　まっすぐ見つめ返してそう言うと、乃々は困ったように眉の端を下げた。
　予想していなかった反応が返ってきて、自分の失態の大きさに改めて気づく。
「……俺の言ってること、信じられない？」
　この一件で失った乃々からの信頼は、あまりにも大きかったらしい。
　自業自得だ。そうわかっていても、自分の言葉が届かないのは悲しかった。
　こんなにも想っているのに、それが伝わらないのが歯がゆい。
「京ちゃんが信じられないんじゃなくてね……自分に、自

信がなくて……」
　乃々をここまで自信喪失に追い込んだのは俺だ。
　だから……そんな申し訳なさそうな顔、しないで……。
「これからは、乃々がもう嫌って思うくらい毎日好きって伝えるよ」
「京ちゃん……」
「今は俺のこと信用できなくても構わないからね？　これから、たくさん努力する」
　小さな頬を両手で包んで、甘い視線を送った。
「だから、泣かないで……」
　赤く染まった頬を伝う涙を、優しく拭う。
「う、んっ……」
　大きく首を縦に振った乃々を、再び抱き寄せて腕の中に閉じ込めた。
　はぁ……。
　今はこうして、乃々が俺の胸の中にいてくれるだけで満たされる。
　本当によかった……。
　乃々を、失わずにすんで。
「心臓、止まるかと思った……」
　普段怖いと思うことなんてないのに、さっき乃々から別れを告げられたときは、本当に怖かった。
　恐ろしくて、なんだかまだ生きた心地がしない。
「京ちゃん、ドキドキいってる……」
　どうやら乃々にも、俺の情けない音が聞こえているらし

く、少し恥ずかしくなった。
「うん、そうだね……」
「私も、ドキドキいってる……」
　……え？
「京ちゃんに抱きしめられると、いっつもこうなるの。えへへ……」
　……っ。
　本当に、乃々は、ずるい……。
「……そんな可愛いこと言うの、反則でしょっ……」
　乃々がどう思っているのかはわからないけど、いつだって振り回されているのは俺のほうだ。
　気持ちの大きさなんて競うものではないとわかっているけど、俺のほうが大きいに決まっている。
　我慢できなくて、乃々の顎に手を添えた。
「キスしていい？」
「え？」
「……ごめん、待てない」
　返事を聞く余裕もなくて、そのまま顎を持ち上げると、自分の唇を押し付けた。
「んっ……」
　キスの合間に漏れる乃々の声が、俺の理性を壊していく。
「乃々……乃々っ……」
　久しぶりのキスだからか、どうしようもない衝動に駆られて、貪るようなキスを繰り返す。
「可愛い……俺の乃々……絶対、この先、誰にも渡さない

から……っ」
　俺の、俺だけの乃々……っ。
「く、るし……っ」
「もうちょっと……我慢して」
　歯止めが、きかない……。
　苦しそうに胸を叩く乃々に、なんとか保っている理性を稼働して、ゆっくりと唇を離す。
「ごめんね……歯止めきかなくって……」
　乃々のことになると、俺は本当に余裕がなくなってしまうんだ……。
　申し訳なくて優しく頭を撫でると、乃々がこてんと首を傾げた。
「それは、私のことが好きだから……？」
　あー……可愛い。
　仕草1つで、俺を骨抜きにしてくる。
「そうだよ」
　俺がこんなふうになるのも、可愛いと思うのも……乃々だけだ。
　俺の返事に、乃々はなぜかこれでもかというほど嬉しそうに笑う。
「だったら、いい……」
　ふにゃりと力の抜けた笑顔を向けられ、残っていた理性が音をたてて崩れる。
「……今のは完全に乃々が悪い」
「へ？　……きょ、ちゃっ。ダメっ……もうちょっと待っ

て……んぅっ……」
　無理、可愛すぎるっ……。
　こんなに可愛いから、俺は毎日毎日、心配でたまらないんだよ。
　きっと、乃々からどれだけ愛を向けられたとしても、俺が安心できる日なんて一生来ない。
　周りのすべてに嫉妬して、乃々を独り占めするためにあらゆる手を使うだろう。
　だから……乃々は黙って、俺の愛だけを受けていて。
　これからもずっと……死ぬまで、俺の隣で──。

「……もう、嫉妬させないで」

「乃々花ちゃん、1ヶ月間お疲れさま！」
　羽山さんから笑顔で渡されたお給料の入った封筒を、「ありがとうございます」と言って受け取る。
「本当に助かったわ〜！　もう辞めちゃうのが惜しいくらい……」
「ほんとだよ!!　続けてよ、乃々花ちゃん〜!!」
　惜しんでくれる羽山さんと祐希さんに笑顔を返して、深く頭を下げた。
　今日は、ついに迎えてしまったバイト最終日。
　もうスタッフとしてここに来ることがないと思うと、とても寂しい。
　でも、たくさんのことを学ばせてもらって、本当にいい経験になったと思う。
「本当にお世話になりましたっ……」
　この1ヶ月を思い出して、じわりと涙が溢れてくる。
　たった1ヶ月なのに、こんなにも思い出がたくさんできて自分でも驚いているくらいだった。
「またいつでも遊びに来てね！」
「暇なときは遊んでよ〜！　連絡待ってるからぁ〜！」
　半泣き状態の祐希さんにぎゅっと抱きしめられ、私もぎゅーっと抱きしめ返す。
「ふふっ、はいっ……！」

こんないい人たちに囲まれて働けて、とっても幸せ者だったな……。
　帰りの支度をすませて、更衣室を出る。
「それじゃあ……お疲れさまでしたっ」
　控えめに手を振ると、羽山さんと祐希さんも手を振り返してくれる。
「またね」
「バイバイ乃々花ちゃぁ～ん……!!」
　裏口から、店外へと出た。
　自動販売機の前で立っている、大好きな人のもとに一直線へ駆けていく。
「京ちゃんっ……！」
　名前を呼んで勢いよく飛びつくと、京ちゃんは笑って受け止めてくれた。
「乃々、お疲れさま」
　仲直りしてから、またバイトの送り迎えを再開してくれた京ちゃん。
　今まで以上に優しくなった京ちゃんと、幸せな日々を送っている。
「はぁ……やっと終わったね」
　私をよしよしと抱きしめながら、もう一度「お疲れ」と言ってくれた京ちゃん。
　やっと……か。私にとっては……。
「あっという間だったなぁ……」
　しみじみそう思って、ぽつりと零した言葉。

京ちゃんが、その言葉にぴくりと反応した。
「俺は死ぬほど長く感じたよ。いつも以上に乃々といる時間が少なかったし……バイトに乃々を取られたみたいで嫉妬した」
　仲直りしてからというもの、京ちゃんはこうして、素直に気持ちを伝えてくれるようになった。
　それが嬉しくて、ふふっと笑ってしまう。
「京ちゃん、なんだか可愛いっ」
「なに言ってるの？　可愛いのは乃々のほうでしょ？」
　そう言って、頭を優しく撫でられた。
　う……京ちゃんが甘すぎるよ……。
「春休みも始まったことだし、乃々の時間、いっぱい俺にちょうだい」
　京ちゃんの言うとおり、昨日終業式を終え春休みに入った私たち。
　でも、京ちゃんはきっと忙しいだろうから、会える時間は少ないだろうなと思っていたのに……。
　たくさん、会ってくれるってこと……？
「いっぱい、会えるの……？」
　京ちゃんをじっと見上げてそう聞くと、なぜか出っ張った喉仏が息を呑むようにゴクリと動いた。
「っ……かわ、いい……」
「へ？」
　聞き取れないような小さな声で呟いた京ちゃんに、首を傾げたときだった。

「百合園」
　背後から、そう名前を呼ばれたのは。
「大輝さん……?」
　声だけでわかったので、振り向きながら確認する。
　やっぱり名前を呼んだのは大輝さんだったようで、お店の裏口前から私たちのほうを見ていた。
　どうしてここに……?
　今日はお休みのはずなのに……。
「ちょっと来い」
　手招きしながら、そう言ってきた大輝さん。
　不思議に思いながら、近づこうとしたとき、京ちゃんに手を掴まれた。
　まるで行くなと言うように、きつく握られた手。
「……俺の恋人に、話しかけないでもらえますか?」
　京ちゃんは大輝さんに向かって笑顔を向けているけど、目がまったく笑っていない。
　一方の大輝さんは、無表情のまま再び私に手招きした。
　私は京ちゃんの手を握り返して、そっと口を開く。
「京ちゃん……最後だから、ちゃんと挨拶したい」
　もう十分、京ちゃんの嫌がることはわかったつもりだ。
　私が男の人と少しでも関わると、とにかく嫌がる。
　だから、気をつけようって思っているし、京ちゃんが嫌がることはしたくないけど……。
　でも、大輝さんには本当にお世話になったから……。
　大輝さんがいなかったら、京ちゃんと仲直りするきっか

けもなかっただろうし、きっと今も立ち直れていなかった。
　本当は、今日会えないと思っていたから、昨日ちゃんと挨拶したけど……せっかく来てくれたんだから、改めてちゃんとお礼を言いたい。
　お願い……と頼むように京ちゃんを見つめると、綺麗な顔の眉間にシワが入った。
　まるで苦渋の選択を強いられたような表情に、少し罪悪感が生まれる。
「……話すだけだよ？」
　私の意思を尊重してくれたのか、そう言ってくれた京ちゃんに、笑顔で頷いた。
　急いで大輝さんのほうに駆け寄ると、京ちゃんも後ろからついてくる。
　私を見ていた大輝さんが、京ちゃんに視線を移した。
「お前は呼んでねぇ」
「俺は乃々の恋人なので」
　な、なんだか、2人の間に火花が見えるっ……。
「……まぁいいや」
　折れたのは大輝さんのほうで、再び視線を私に戻して、真顔のまま口を開く。
「もう泣いてないか？」
　慰めてもらった日から、大輝さんはいつも恋人とはうまくいってるのか？と心配してくれる。
　仲直りしたと伝えたとき、なぜか少し寂しそうに見えたけど……。

「はいっ……！」
 こくりと頷いて、笑顔を返した。
 けれど、なぜか私の笑顔を見て、顔をしかめる大輝さん。
「お前、こいつでいいの？」
「え？」
「前みたいに、道端で泣いたりしないって約束できるか？」
 み、道端で泣いていたことは、秘密なのにっ……。
 恥ずかしいことを京ちゃんに知られてしまって、顔が熱くなる。
 けど……大輝さんって本当に、いい人だなぁ……。
 最後の最後まで心配してもらって、いっそ申し訳なささえ感じる。
「……で、できますっ……！」
 大輝さんにこれ以上心配をかけないように、力強くそう返事をする。
「……ん、そっか」
 あ……また、悲しそうな顔……。
 私が京ちゃんと仲直りしたと伝えたときと、同じ表情をした大輝さん。
 その理由がわからなくて、眉の端を下げる。
 本当に、もう大丈夫なのに……私、悲しそうな顔でもしてたかな？
 そう思って、自分の顔に触ったときだった。
「なぁ」
 大輝さんが口を開いて、1歩私に歩み寄る。

ただでさえ近かった距離が、もっと縮まって……。
「……俺、お前のこと好きだよ」
　……え？
　好きって……？
　言葉の意味を考える暇もなく、大輝さんが顔をグイッと近づけてくる。
　──ちゅっ。
「これは散々お前に振り回された代金な」
　ぽかん……と、口を開いたまま動けなくなった。
　……い、いま……？
　キ、キス、されたっ……。
　ようやくそう理解して、口を隠すように手で覆った。
　唇に残る、やわらかい感触。
　好きって……キスをしたってことは、それは……。
　恋愛感情としてって、こと……？
　何から聞き返せばいいかわからず、パクパクと口を動かすことしかできない私の隣で、京ちゃんが動いた。
　耳を塞ぎたくなるような醜い音が響く。
「きゃっ……！」
　それは目にも見えない速さで、京ちゃんが大輝さんを殴った音だった。
　京ちゃんが暴力を振るう姿なんて初めてで、呆然としてしまう。
「……いって……」
　殴られた大輝さんが、痛そうに頬を押さえていた。

「京ちゃん、や、やめてっ……」
　慌てて、京ちゃんの服を掴んで宥める。
「…………殺す」
　いつも優しくて物腰やわらかな京ちゃんから出たとは思えないその言葉は、地を這うような低い声で紡がれた。
　大輝さんを睨みつけている瞳は、視線だけで人を殺められそうなほど鋭いものだった。
　ど、どうしよう……見たことないほど怒ってる……っ。
「大輝さん、頬っぺた……」
「大丈夫だって、殴られるの覚悟で奪ったし」
　心配する私に、へらっと笑ってみせた大輝さん。
　その笑顔は、なんだか京ちゃんを煽っているようにも見えた。
「お前……」
「きょ、京ちゃん、落ち着いてっ……！」
　また殴りかかってしまいそうな勢いの京ちゃんに、ぎゅっと抱きついて、必死で止める。
　大輝さんは、まるで京ちゃんが見えていないかのように私だけをじっと見て、今度はいたずらっ子のような笑顔を浮かべた。
「返事とかはいらないから、もし俺に乗り換えたくなったら来いよ。……いつでも待ってる」
　大輝さんのこんな笑顔……初めて見た……。
　さっきまであった悲しそうな表情はどこかに消え去ってしまったような、吹っ切れたようなすっきりとした表情で、

私たちに背を向けた大輝さん。
「じゃあな」
　そう言って、スタスタと歩いて裏口へと入っていった。
　今のは……告白、だよねっ……。
　びっくりした……まさか、大輝さんが私のこと……？
　なんだかそう思うと、自分の今までの行動がとてもひどいことのように思えた。
　京ちゃんのことを相談したし、バイトでも困ったときはいつも甘えていたし、慰めてくれたときも……。
　いったいどんな気持ちだったんだろう。
　私……最低な女だったかもしれない……。
「……乃々、こっち向いて」
　ぼうっと考えていた私の肩を掴んで、無理やり京ちゃんのほうへ身体を向けさせられた。
　京ちゃんは、ポケットから取り出したハンカチで、私の唇を擦る。
「んっ、な、何してるの……？」
「何って、消毒に決まってるでしょ？」
　しょ、消毒って……大輝さんがバイ菌みたい……。
　あっ……でも、不可抗力とはいえ、京ちゃんの前でほかの男の人とキスしちゃったんだっ……。
　やっぱり私……彼女失格だ……。
　で、でも……。
「な、殴るのはダメだよ京ちゃんっ……」
　大輝さんの頬、ちょっと切れてたし……すっごく痛そう

だった……。
「どうして？　……キスされたんだよ？　乃々、意味わかってるの？」
　完全に怒っている様子の京ちゃんは、強めの口調でそう言ってくる。
　うっ……と、言葉に詰まったけど、それでも暴力はダメ。
　それに……。
「……ごめんなさい……でも、大輝さんには、すごくお世話になって……きっと私すごく傷つけちゃった……」
　私が一番辛かったとき、そばにいてなぐさめてくれたのは大輝さんだった。
　京ちゃんが他の女の人と食事に行ってしまったとき……大輝さんが助けてくれたんだ。
「……わかってる……俺に怒る権利なんかないって……」
　私の考えていることがわかったのか、京ちゃんは悔しそうにきゅっと唇を噛んでいた。
「キスしたことは絶対に許さないけど……俺があいつに何か言える立場ではないってわかってる」
「……」
「だから……」
　京ちゃんはそっと私の頬に手を添えて、顔を覗き込んでくる。
「……もう、嫉妬させないで。これからは……頼むから」
　苦しそうに歪んだその表情に、胸が痛んだ。
「うん……約束するっ……」

これからは、もう心配させないように頑張るっ……。
　そう心に誓って、京ちゃんを見つめ返す。
「絶対だよ？」
　こくりと頷くと、京ちゃんが少しだけ口角を上げた。
「俺も、約束する」
「うんっ……！」
「はぁ……それにしても、あの男は生かしておけないな」
「い、言い方が物騒だよ……」
「乃々にキスしたんだよ？　俺の乃々に近づいた男は、1人残らず生まれてきたことを後悔(こうかい)させてやらないと」
「ふふっ、京ちゃんってば冗談が過ぎるよ」
「え？　冗談？　何が？」
「……」
　真顔で首を傾げる京ちゃんを見て、私は改めて、本当にヤキモチを焼かせないようにしようと固く心に誓った。

06＊誰にもあげない。

「メイド喫茶、か……」

　お泊まりをしたり、デートをしたり、いつも以上に京ちゃんが一緒にいる時間を作ってくれて、春休みはとても幸せな期間だった。
　けれど楽しい時間ほど過ぎるのは早くて、あっという間に迎えた新学期。
　私と京ちゃんは無事に同じクラスになり、なんの不満も不安もない毎日を送っていた。

　クラスにも慣れてきた、4月の終わりのこと。
「今日は、学園祭の出し物について決めます。委員さん、進行をお願いします」
　担任の先生がそう言うと、クラス委員の京ちゃんが、もう1人のクラス委員と前に出た。
「それでは、今から6月に行われる学園祭について決めていきます」
　慣れた様子で進行をする京ちゃんがかっこよくて、じっと見つめてしまう。
　私は前に出ると緊張して喋れなくなっちゃう人間だから、いつも堂々としている京ちゃんは本当にかっこいい。
　ぼーっと見つめていると、京ちゃんの視線がいきなり私に向けられた。
　目が合って、ふっと優しい笑みを浮かべる京ちゃんに、

どきりと胸が高鳴る。
　そんな私とは裏腹に、何事もなかったかのように進行を再開する京ちゃん。
　いつも私だけがドキドキさせられてばっかりだな……。
　熱くなった頬を、そっと隠すように両手で覆った。
「それじゃあ、クラスの出し物について候補がある方は挙手してください」
　京ちゃんの言葉に、すぐさま１人の女の子が手を挙げた。
「はい！」
「どうぞ」
「定番のメイド喫茶とかどうですか？」
　メイド喫茶……？
　あんまりピンとこなかったけど、定番と言うからには、どうやら人気の出し物らしい。
　クラスがざわついて、すぐに肯定的な雰囲気になった。
「賛成！」
「いいと思いまーす！」
　みんなが盛り上がるなか、１人だけ異論がありそうな人物がいることに気づく。
「メイド喫茶、か……」
　京ちゃんが、密かに眉をひそめたのが見えた。
　けれど、本当に気のせいかと思うくらい一瞬で、すぐにいつもの優しい表情に戻る。
「そうですね……」
　にっこりと微笑んで、口を開いた京ちゃん。

「我が校は歴史ある由緒正しい学校だから、そのような俗な出し物はどうかと思うな。わざと露出の多い服を着たいという頭の弱い女子生徒や、そんな女性の格好に興奮する猿のような男子生徒はこのクラスにいないと信じているけど……。一応多数決をとろうか。メイド喫茶がいいと思う人、いますか？」

　……え、えっと……。

　鈍感な私でもわかるほど、笑顔で毒を吐く京ちゃんの姿にじわりと冷や汗が溢れた。

　きょ、京ちゃん、メイド喫茶嫌なのかな……？
「「……」」
　さっきまで盛り上がっていたクラスのみんなも、すごく気まずそうに黙り込んでる……。

　もちろん、挙手をした人は誰もいなかった。
「よかった。手が挙がったらどうしようかと思ったよ。それじゃあ他に案がある人は挙手してください」

　笑顔で進行を進める京ちゃんに、苦笑いを浮かべた。

　なんというか……もはや清々しさすら感じる……。

　重い空気のなか、恐る恐る挙げられた手。
「そ、それじゃあ……執事喫茶ならどうですか？」

　執事喫茶……？

　メイドとか執事とか……喫茶店が人気なのかな？

　でも、それならバイトで学んだことを活かせるかもしれないっ……。

　……あ、でも執事は男の人だから、私は接客はできない

かな……?
「わ、私も、いいと思います!」
　クラスから、続々と同意の声があがる。
　今度は主に女の子たちが、深く頷いて肯定しているみたいだった。
「そうですね、それなら品もあるし、学園祭的にも盛り上がると思います……!」
　クラス委員の女の子まで、京ちゃんのほうを見て目を輝かせている。
　このときの私は、どうして女の子たちがそろって執事喫茶を推しているのか、理由がわからなかった。

「俺は乃々だけのものだよ」＊side京壱

「それじゃあ、Ａクラスの出し物は執事喫茶で決定します」
　喜んでいる女子生徒たちに、ため息を吐きたくなった。
　執事喫茶なんて、何が面白いのかまったくわからない。
　しかも俺が接客をさせられそうな流れが気に入らない。
　でも……可決しそうだったメイド喫茶を阻止できたから、まあいい。
　ため息を呑み込んで、自分の席に戻る。
「京ちゃん、お疲れさまっ」
　すぐに隣の席の乃々が声をかけてくれて、その笑顔にすべてがどうでもよくなった。
　はぁ……俺の乃々は、今日も世界一可愛い。
「ありがとう」
「学園祭楽しみだね」
　まったく乗り気ではなかったけど、乃々がそう言うなら、俺も楽しい学園祭になるように頑張ろう。

　４限目の授業が終わり、昼食をとるため、いつもどおり俺たちは視聴覚室へと移動した。
「京ちゃん、メイド喫茶嫌だったの……？」
　お弁当を食べながら、不思議そうに乃々がそんなことを聞いてくる。
　俺がクラスの連中を無理やり言いくるめたからそう思っ

ているのかな……？
「うん、嫌かな」
　正直に答えると、乃々はますます理由がわからないとでも言うかのように、首をこてんと傾げている。
　喋り方や仕草の１つ１つがいちいち可愛い。
　乃々がこんなに可愛いから……。
　メイド喫茶なんて、俺が許すわけがない。
「もし乃々がメイド服なんて着せられたらどうするの？　接客させるつもりなんてさらさらないけど、何か緊急事態が起こって代理で接客することになる状況が、ないとは限らないでしょ？」
　現に、男が何人か乃々をチラ見していた。
　持っていたチョークをその目玉にぶっ刺してやろうかと思ったけど、グッと堪えてあとで始末することにしたから今日は忙しくなりそうだ。
「……そ、そういうことだったんだね」
　ちゃんと意味を理解したわけではなさそうだけど、少し赤くなっている乃々にふっと笑う。
　最近は、俺の気持ちにも敏感になっているようで、自分が愛されているという自覚を少しずつだが持ってくれているらしい。
　はぁ……かっわいい……。
「乃々に関しては、常にあらゆるリスクを想定して未然に防いでおきたいんだ。乃々が可愛いことは、俺だけが知っていればいいでしょ？」

そう言って、乃々の頭を撫でた。
「そ、そっか……」
　さらに真っ赤になり、俯いてしまった乃々。
　そのあまりのいじらしさや愛おしさに、我慢できず抱きしめたのは言うまでもない。

「執事服の試着お願いしまーす！」
　学園祭の準備は順調に進み、１週間前に迫った。
　発注していた執事服が届いたらしく、試着をするため更衣室代わりの社会科準備室に案内される。
「はいっ……椎名くんのはこれです……！」
　顔を赤く染めて、キラキラした目をしながら執事服を渡してきた女子生徒。
　……だるい。
「ありがとう」
　つい本音が漏れそうになったが、いつもどおりの笑顔を作って受け取った。
　自分の顔が秀でているのはわかっているし、見世物になるのも慣れているけど……こんな格好で接客する羽目になるなんて面倒極まりないな。
「終わったら声かけてくださーい！」
「はい」と軽く返事をして、更衣室に入る。
　執事服を着る日がくるなんて思わなかった……。
　家の使用人たちを見ていて、着心地が悪そうだと思っていたが……想像以上だな。

タイを締め、部屋を出る。
「着替え終わったよ」
　待っていた女子生徒にそう言うと、振り返って俺を見た。
「きゃー!!」
　顔を真っ赤にして、悲鳴にも似た声をあげたその女。
　うるさいな……。
　案の定、何かあったのかと他の生徒たちが集まってくる。
「え、椎名くんヤバい……!」
「似合いすぎてびっくりなんだけど……!」
「かっこよすぎる……!」
　面倒くさいことになった……。
　群がってきた女子生徒を見て、こっそりとため息を吐く。
　かっこいいなんて、乃々以外から言われたところで、何一つ嬉しくない。
　むしろ、鬱陶しいから静かにしてほしい。
　内心そう思いながら、衣装担当の人に話しかけた。
「これ、もう着替えてもいいかな?」
「は、はいっ……!　サイズはどうですか?」
「うん、ちょうどいい。長さも足りてるし、大丈夫だと思うよ」
　とっとと脱ごうと思い、もう一度更衣室に入ろうとしたとき、廊下の奥のほうにある教室から、顔を出した乃々の姿が見えた。
　……あ、そうだ。
「乃々、おいで」

少し大きな声でそう呼べば、乃々は俺の呼びかけに気づいたのか、ぱたぱたと走ってくる。
「どうしたの……？」
「来て」
　不思議そうにしている乃々の手を掴んで、一緒に更衣室に入る。
「京ちゃん……？」
　ガチャリと鍵をかけた俺を見て、きょとんとしている乃々。
　俺は乃々の身体を引き寄せて、ぎゅっと抱きしめた。
「ふふっ、ちょっとだけ充電させて」
　今日は昼休みも委員の会議で、あまり一緒にはいられなかったし。
　頭を撫でたり頬を触ったり、乃々を堪能していると、いつもと様子が違うことに気づいた。
「乃々？」
「な、なあに……？」
「どうしてこっち見ないの？」
　頑なに視線を下げ、俺のほうを見ようとしない乃々。
　気になって、顎を持ち上げ無理やりこっちを向かせると、乃々の顔はりんごのように赤く染まっていた。
「……乃々、どうしてそんなに赤くなってるの？」
　可愛くて食べちゃいたいけど……何にそんな反応をしているのか、わからなかった。
　俺が乃々を抱きしめたり撫で回したりするのなんて、別

にいつものことなのに……。
「……あ、の」
　恥ずかしそうに、小さな唇を開いた乃々。
「……京ちゃん、その服装すっごく似合ってて……かっこよくて、見れないっ……」
　そう言って、顔を隠すように両手で覆った乃々の姿に、心臓が貫かれるような衝撃が走った。
　……っ、可愛すぎる……。
「ほんとに？　乃々に褒められると嬉しいな」
　平静を装って、額に触れるだけのキスをする。
　本当は今すぐ押し倒してしまいたかったけど、学校だという現実が俺を寸前のところで思いとどまらせる。
　ぐっと理性で堪えていると、乃々が恐る恐る顔を上げ、俺を見つめてきた。
「あ、あのっ、写真撮っちゃダメ？」
　写真……？
「全然構わないけど……」
　どうしてだろうと思いながらそう返事をすると、乃々が嬉しそうに笑ってスマホを取り出した。
　俺の腕から離れて、パシャパシャと写真を撮っている。
「えへへ……撮れた……ありがとうっ」
　満足気に微笑む乃々は、言わずもがな可愛い。
　少しいたずら心が湧いて、乃々の腕を引っ張り、自分の膝の上に乗せた。
「ねぇ、その写真何に使うの？」

耳元でそう囁けば、乃々の華奢な身体が大きくビクッと反応する。
　きっとなんとなく撮っただけとか、そんな答えが返ってくるんだろうと思っていた俺の耳に届いたのは……。
「えっと……京ちゃんと会えなくて寂しいときに、見たいなって……」
　予想もしていなかった、いじらしい答え。
　不意打ちで投げられた言葉に、目眩がして自分の額を押さえた。
　かっこいいとか会えなくて寂しいとか……続け様にそんな可愛いことを言われて、頭がパンクしそうだ。
　こんなに……可愛いのは、反則だろ。
　後ろからぎゅっと抱きしめて、そっと囁く。
「……寂しいときは、いつでも連絡してって言ってるでしょ？　どんな用事もキャンセルして駆けつけるよ」
　というより、乃々が寂しいって思ってくれている事実が嬉しすぎる。
　会いたいと言うのも、デートに誘うのもいつも俺からだから……。
　……そっか。会いたいって、寂しいって、乃々も思ってくれていたのか。
　そんな可愛いお願いならいつだって叶えるし、俺だって本当は、ひとときも離れたくないんだよ。
「そ、それはダメだよっ……」
「ダメじゃないよ。俺の世界には乃々しか必要ないからね」

冗談なんて1ミリもない、本心を伝える。
　2人きりで生きていくなんて不可能だなんて、そんな正論はいらない。
　俺にとって必要なのは乃々だけ。それはまぎれもない事実だ。
「……私も」
　——え？
　耳を疑うような返事に、一瞬頭が真っ白になった。
「お母さんも、お父さんも、学校の先生も、親戚の人たちも……大切な人で、近くにいてほしい人はいっぱいいるけど……」
　ぽつりぽつりと話す乃々の言葉を、聞き逃さないよう耳を澄ます。
「……京ちゃんが、1番っ……」
　今にも消えそうな小さな声で、俺が欲しかった言葉をくれた乃々。
　俺は他のどんなものと天秤にかけられても、乃々を選ぶと断言できる。
　だけど乃々は、そうじゃないと思ってた。
　両親や親戚を大切にしていて、周りの人をいつも思いやっている乃々。
　そんな大切な人に対する"好き"と同じものを俺にも向けてくれているんだろうなと、ずっと思っていた。
　それでもいいと、諦めていたのに……。
「……ここが学校じゃなかったら、閉じ込めてただろうね」

壊れるくらい強く、乃々の身体を抱きしめる。
　乃々が俺を１番と言った。
　……こんなに幸せなことはない。
「好き……大好きだよ……乃々」
「私も……大好き、京ちゃんっ……！」
　くるりと身体を回して、正面から勢いよく抱きついてきた乃々。
　嬉しそうに擦り寄ってくるのが、もうたまらない。
「はぁ……もう、これ以上可愛くならないで……俺の心臓がもたない」
　四六時中、乃々に翻弄されて、休む暇もない。
「それは、京ちゃんも……」
「……え？」
　俺……？
　いったいなんのことだろうと思いじっと乃々を見ると、言おうか悩んだそぶりを見せたあと、その口を閉ざしてしまった。
　……また、何か我慢してる。
「乃々、どうしたの？」
　頰に手を添え、上を向かせた。
　不安そうな瞳と目が合って、やっぱり何かあるなと確信する。
「う、ううんっ……なんでもない……」
　それなのに、笑顔で誤魔化そうとする乃々に、ずきりと胸が痛んだ。

「そんな顔しないで。何かあるなら言って?」
　１人で抱え込まれるのは、辛い。
　それに……後々不安が大きくなってすれ違って……前みたいに、『別れよう』なんて言われたら……。
　あの日のことを思い出して、ゾッとした。
　もうあんな思いは、二度としたくない。
　まだ口を開こうとしない乃々に、優しく言う。
「約束したでしょ？　不安なことがあれば、全部俺に言うって。俺は……そんなに頼りない？」
　こう言えば、乃々は言わざるを得なくなるはずだ。
「ち、違っ……」
　……ほら、開いた。
　優しいから、俺に非があるのかと匂わせれば、絶対に言ってくれる。
　そんなところも可愛くて、大好きだよ……。
　心の中でそう呟いて、次の乃々の言葉を待つ。
「……京ちゃん、どんなときでもかっこいいのに……そんな格好したら、ますますかっこよくて……ちょっとだけ、心配っ……」
　…………は？
　想定外すぎる乃々の不安の正体に、一瞬理解が追いつかなかった。
「心配、って……？」
　念のため、俺の勘違いじゃないことを確認するためにそう聞くと、乃々は気まずそうに視線を下げた。

「……みんな、京ちゃんのこと好きになっちゃうっ……」
　ぽすっ……と、俺の胸に頭を預けた乃々。
　身震いするほど愛しさが溢れて、もう平静なんて保っていられない。
「……っ、乃々」
　可愛い……可愛い可愛い可愛いっ……!!
「本当に、俺をどうしたいの?」
　まさか、乃々がヤキモチを焼くなんて……。
　前に、俺の周りの女に嫉妬しているとは言ってくれていたけど……こんなふうにヤキモチを焼いてくれたのは初めてかもしれない。
「あっ……わがまま言って、ごめんなさ……」
　嬉しすぎて言葉にならず、黙ったままの俺を見て勘違いしたのか、申し訳なさそうな表情をする乃々。
「そうじゃないよ」
　慌てて否定して、そっと抱きしめた。
「乃々が可愛いことばっかり言うから、頭がおかしくなりそう」
　なんて……もう十分俺の頭はおかしいんだろうけど。
　仕方がない。
　こんな可愛い恋人がいたら……頭のネジがいくつあっても足りないくらい。
「嫉妬してくれたなんて、嬉しすぎる」
「……え?　……め、迷惑じゃない……?」
「迷惑なわけない。むしろ俺は、もっと嫉妬してほしいく

らいだよ」
　俺なんて、四六時中してるんだから。
　乃々も嫉妬でおかしくなるくらい、俺を好きになってよ。
「京ちゃんは……優しいね」
　嬉しそうに、小さく笑った乃々。
　こんなに頭のいかれた男を優しいなんて言うの、きっと乃々くらいだよ。
　まぁ、乃々にだけはとびきり優しくしようと、努力はしているけど……。
　逆に、乃々以外がどうでもよすぎるくらいに。
「ちょっと待っててね」
　俺は乃々にそう言って、扉を開けた。
「衣装係さん」
「はーい！」
　外にいた係の人に声をかけると、すぐに駆け寄ってくる。
「やっぱり僕、裏方に回ってもいいかな？」
「えっ……！」
　俺の言葉に、係の女だけではなく、周りにいた生徒全員が振り返った。
「で、でも……椎名くんはうちの看板執事になってもらうつもりで……」
　周りが完全に困惑しているが、そんなのはどうでもいい。
　乃々が不安になることはしないと、もう俺は決めたから。
「きょ、京ちゃんっ……私、そんなつもりじゃ……」
　中にいた乃々にまで話が聞こえていたらしい。慌てた様

子で駆け寄ってきた乃々の唇に人差し指を当てた。
　乃々がそういうつもりで言ったわけじゃないことなんてわかっている。ただ、俺がそうしたいだけだから。
「本当にごめんね……他の子に頼んでほしい。裏方で精一杯頑張るから」
　少し強めの口調でそう言うと、辺りにいた全員が口を閉ざした。
　普段外面をよくしていると、こういうときに役に立つ。
「わ……わかりました……」
「それじゃあ、よろしくね」
　それだけ言って、再び更衣室に入る。
「乃々、ファスナー下げるの手伝って」
　笑顔の俺とは反対に、乃々は困ったように眉の両端を下げていた。
「京ちゃん……ごめんなさい……」
　あーあ……そんな顔させたいわけじゃないのに。
「どうして謝るの？　俺、乃々が嫉妬してくれて、こんなに喜んでるのに」
　むしろ、乃々を悲しませたくなくてしたことだから、泣きそうな顔しないで。
「だって……京ちゃんが執事をやめちゃったら、みんなに迷惑が……」
「クラスのことなんて、どうでもいいでしょ？」
　優しく頭を撫でて、頬に触れるだけのキスをする。
「学園祭とか出し物とか、本当にどうでもいい。それより、

俺は乃々を悲しませたくないし、もともと執事服なんて着たくなかったしね」
　っていうか、俺も軽率だった。
「俺だって、乃々がメイド服着るなんて言ったら絶対に反対してる。おあいこでしょ？」
　乃々が嫌がると思っていなかったから……。
　こんなことなら、最初から断るべきだったんだ。
　これからは……もっと気をつけよう。
　俺の可愛い乃々が、嫉妬を覚えてくれたことだし……。
　そう思うと、顔が緩むのを抑えられない。
「京ちゃん……」
　きっとだらしない顔をしている俺を見つめながら、乃々が瞳を潤ませている。
　悲しい涙ではなく、嬉し涙のように見えた。
　可愛くってたまらなくて、リップ音が響くような軽いキスを顔中に落とす。
「わがままなんていくらでも言って。もっと俺のこと束縛(そくばく)していいんだよ」
　俺だって、乃々はあんまり気づいてなさそうだけど……束縛してるんだから。
「俺は……乃々だけのものだから」
　最後に、唇にキスを落とす。
　はぁ……ここが家だったらよかったのに……。
　明日は休日だから、帰ったら一晩中甘やかしてあげよう。
　そんなことを思っている俺を、何か言いたげに見つめる

乃々。
「ん？」と首を傾げると、乃々は突然、顔を近づけてきた。
「え……乃、っ……」
　──ちゅっ。
　本当に突然のことすぎて、味わう暇もなかったそれ。
「……私も……京ちゃんだけ、の」
　…………は？
　今、乃々……。
「は、早く着替えなきゃいけないよねっ……わ、私、教室で待ってる……！」
　早口でまくし立てて、逃げるように更衣室を出ていった乃々。
　呆然と固まっていた俺は引き止める暇もなくて、我に返るなり１人でその場にうずくまった。
　まさか、あんな不意打ちで……。
　乃々からキスをしてもらうのは、初めてだったのに……。
　一瞬の出来事で、というか想定外すぎて、感触も何も憶えていない自分を恨む。
　でも、乃々からキスをされたという事実だけで息が苦しくなるほど歓喜していた。
「帰ったら、たっぷり仕返ししないと……」
　俺ばっかり翻弄されていて格好がつかないから……乃々にもちゃんと、ドキドキしてもらわなきゃね。
　そんなことを思いながらも、唇を押さえたまま、余韻に浸っていたのは内緒だ。

「乃々には敵わない」

「それでは、売り上げ1位目指して頑張りましょう!!」

女の子のクラス委員さんがそう言って、みんなが「はーい!」と声をあげた。

今日は、学園祭当日。

私と京ちゃんは午前の部のキッチン担当で、朝から大繁盛の執事カフェは慌ただしかった。

「執事の特製オムライスとティーセット1つ!」

「こっちはトロピカルジュースとサラダセット!」

「パンケーキセット3つお願いしまーす!」

3人同時に言われて、聞き取ることができなかった。

ホールはしたことあるけど……キッチンは初めてだから、全然わからない……。

「あ、えっと……」

どうしよう……みんな忙しそうだけど、もう一度聞き返さなきゃっ……。

そう思ったとき、背後からそっと肩を叩かれた。

「大丈夫だよ乃々、全部覚えたから」

他の作業をしているはずの京ちゃんに、目を見開く。

「乃々はサラダセットの盛り付けお願いしていい?」

すごい……。

「うんっ……!」

京ちゃんはすごい。ほんとになんでもできちゃうんだ

なぁ……。
　テキパキと他の人に指示をしながら料理を作っている京ちゃんに、目が釘づけになってしまう。
　京ちゃんのおかげで、キッチンも円滑(えんかつ)に進んでいた。
　そういえば、飲食店のバイト、幾つかしたことあるって言ってたもんね……。
　お父さんの会社が飲食店の経営なんかもしてるから、人生経験にと言って、何度かアルバイトを経験していた京ちゃん。
　何事もすぐに覚えて簡単にこなすから、本当に尊敬する。
　かっこいいなぁ……。
　京ちゃんに見惚れていると、また注文が入り、ハッと我に返った。
　いけないいけない……ちゃんとしなきゃっ……。
　京ちゃんやクラスメイトの足を引っ張らないように、頑張ろうっ……！

「はぁ……終わった……」
　午前の部が終わり、午後の部の人たちと交代になった。
　控え室で水分補給をして、ホッとひと息つく。
「お疲れさま」
　一番働いていたはずなのに、まったく疲れの見えない笑顔を浮かべている京ちゃん。
「お疲れさま……」
「思ったより人が多かったね」

「うん……。京ちゃんすごかったね……私なんて全然聞き取れなかったのに、ひとつもミスしなかった……」
　きっと、京ちゃんがいなかったらキッチンはまともに回っていなかった。
　私のフォローも何度もしてくれたし、京ちゃんのおかげで助かった……。
「そんなことないよ。乃々がアシストしてくれて助かった」
　私のアシストなんてまったく役に立ってなかったと思うのに、そう言ってくれる京ちゃんの優しさを痛感する。
　本当に優しくて、誰よりも頼りになる京ちゃん。
　こういうところが……大好きだなぁって、改めて思った。
「午後は２人で回ろうか？」
「うんっ！」
　京ちゃんの言葉に大きく頷いて、できるだけ急いで着替えをすませる。
「どこに行きたい？」
「えーっと……お腹減ったから、何か食べたいっ」
　そう伝えると、にっこりと微笑んでくれる京ちゃん。
「それじゃあ、他のクラスが食堂で出してる店に行こうか」
「うん！」と頷いて、２人で食堂へと向かった。

　軽く昼食を食べたあと、ぶらぶらと校内を回る。
　それにしても……。
「すごい人だね……」
　１年生のときもすごかったけど……相変わらず学園祭の

ときは校内が賑わっている。
「そうだね。うちの高校、人気だからなぁ」
　人気……そっか。
　私は京ちゃんがお勧めしてくれたからこの高校を選んだけど、校舎も綺麗だし設備も整っているし、人気なのも頷ける。
　どのクラスの出し物も並んでいて、ゆっくり見られそうにはないけど……せっかくだから、できるだけたくさん回りたいなぁ。
「次はどこに……っ、きゃ……！」
　前から来た人とぶつかって、転びそうになった。
　寸前のところで、京ちゃんに支えられる。
「っ、乃々、大丈夫？」
　焦った表情の京ちゃんに大丈夫だよと伝えて、相手の人を見た。
　ケガとかしてないかなっ……？
「あの、大丈……」
「うわ、ごめんね……平気？」
「……え？」
　顔を上げて、私のほうを見たその人に見覚えがあった。
「……あれ、乃々花ちゃん？」
「新川、先輩……？」
　どうしてここに……卒業したはずの新川先輩が……？
　久しぶりの再会に、嬉しさとともに疑問が湧き上がる。
「すごい偶然……って、会えるかもってちょっと期待して

たけどね」
　いつものへらっとした顔で笑う新川先輩を、隣にいる京ちゃんが睨んでいた。
　そ、そうだ……京ちゃん、新川先輩のこと苦手なんだったっ……。
「そんなに警戒しないでよ〜。生徒会の子たちに招待されたんだって。何もしないよ」
　京ちゃんの鋭い視線に少しも怯まず、笑顔を崩さない新川先輩。
　対して京ちゃんは、眉間のシワを増やし、私の手を握って先輩から遠ざけるように引き寄せてきた。
「……相変わらずラブラブみたいだね」
　新川先輩の言葉に、恥ずかしくなる。
　こ、ここ、廊下だからみんな見てるのにっ……。
「乃々、行こう」
「あっ……」
　もう少し話したかったけど、京ちゃんの機嫌を損ねるのも嫌で、先輩にぺこりと頭を下げた。
「待って。2人はカップルコンテスト出ないの？」
　……え？
「カップルコンテスト……？」
　京ちゃんの手を引っ張って、足を止める。
　京ちゃんは少し不満げだったけど、渋々止まってくれた。
「もう始まってると思うんだけど、中庭のステージで生徒会が主催してんの。最優秀カップルにはペアリングの贈呈

を兼ねて擬似結婚式とかあるらしいから、よかったら参加してやってよ」
「擬似結婚式って……」
　そんなのがあるんだ……。
　ペアリングって……素敵。
　初めて聞くそのカップルコンテストというイベントに興味が湧いて、新川先輩の言葉に耳を傾ける。
「ウエディングドレスとか着て撮影もするって」
　ウエディングドレスというワードに、私は目を輝かせた。
「す、すごいですね……！」
「ふふっ、乃々花ちゃんと幼なじみくんだったらきっと一番だよ。それじゃ……俺は帰るから」
　そう言って、手を振って歩き出した新川先輩。
「幸せになってね、乃々花ちゃん」
「……え？」
　今……何か言った……？
「バイバイ」
　聞き返す暇もなく、私たちに背を向けた新川先輩。
「さ、さよならっ……！」
　もう見えていないことは承知で、私も先輩に手を振った。
「乃々、行こう」
「あ……うんっ」
　新川先輩とは逆方向に歩いていく京ちゃんに、手を引かれるままついていく。
「嫌なヤツに会った……目が汚れたね」

「い、言い過ぎだよ京ちゃん……」
　苦手なのは知ってるけど……汚れたはちょっと……。
「俺のしょうもない嫉妬だから、許して」
　私の顔を見ずに、そう言った京ちゃんの背中が、なんだか子供みたいで可愛く見えた。
　拗ねてるのかな……？　ふふっ……。
「怒ってなんかないよっ……ヤキモチ焼いてくれるのは、嬉しいっ……」
　本当に、新川先輩とは何もないけど……それでも、嫉妬してくれるってことは、それだけ私のことを好きでいてくれてる……ってことだから……純粋に嬉しい。
「……乃々は優しいね」
　そんなの、京ちゃんのほうが優しいのに、ふふっ……。
「でも、カップルコンテストなんてやってるんだね……」
　さっき聞いた、新川先輩の言葉を思い出す。
「興味ある？」
「う、うんっ」
　素直に返事をすると、京ちゃんは一度私の顔を見たあと、悩むように「うーん……」と唸った。
「……乃々が大勢の人の目に触れちゃうでしょ？　それは嫌だな……」
　あっ……。
　困っている京ちゃんの姿に、やってしまったと後悔した。
「や、やっぱりいいっ！　京ちゃん、私アイスクリームが食べたいっ……！」

困らせたいわけじゃなかったんだ。
　私がお願いしたら、京ちゃんはきっと嫌とは言わない。それをわかってて京ちゃんが嫌がることをお願いするのは、卑怯だよねっ……。
　私が男の人と話すのも嫌っていうくらいだから……京ちゃんにとっては、すごく嫌なことなのかもしれない。
　私を見て何か思う男の人なんて、いないと思うけど……過保護な京ちゃんに、心配はかけたくない。
「……いや、行こうか」
　……え？
「……い、いいの？」
「うん。彼女にそんな顔させるなんて、恋人失格だね。乃々は俺のものだって、言いふらすいい機会だし、やっぱり参加しよう」
　私の頭を撫でながら、優しく微笑んだ京ちゃん。
　やったぁっ……。
「ありがとう、京ちゃんっ……！」
　嬉しくって、周りの目も気にせず京ちゃんに抱きついた。
「……っ」
「えへへっ……京ちゃん大好きっ……！」
「……乃々にこんなことしてもらえるなら、どんなお願いでも叶えるよ」
　前までだったら、冗談だと笑っていたけれど、今ならわかる。
　京ちゃんは本気でそう言ってくれているし、本当に私を

大事にしてくれている。
　言葉でも行動でもそれを伝えてくれるから……幸せだなぁと、改めて思った。
　そのあと、ここが大衆の面前であることを思い出し、顔を上げられなくなったのは言うまでもない。

　急いでカップルコンテストを開催している場所に向かい、受付をした。
「次は、飛び入り参加のカップルです！　２年生の百合園乃々花さんと、椎名京壱さん、どうぞステージにお上がりください！」
　すぐに私たちの番が回ってきて、緊張しながらもステージに上がった。
　観客席は満員で、近くの校舎の窓からも、たくさんの人がステージのほうを見ている。
　コンテストって、こういう形式でするんだっ……。
　人前に出るのが苦手だから、少しだけ出場したことを後悔した。
「おおっ……！　まさかの、我が校誇っての美男美女の参戦です……！　神々しいです……！！」
　進行の人が、私たちを見てそう言った。
　美男美女なんて……京ちゃんはかっこいいけど、私にお世辞なんてやめてほしい……。
　なんだかいたたまれなくて、身を縮こまらせた。
「早速ですが、２人の馴れ初めや好きになったきっかけを

教えてください!」
　飛んできた質問に、京ちゃんのほうを見た。
「馴れ初め……えっと……」
　どこから話せばいいんだろう……?
「幼なじみなんです。出会った頃から彼女しか見えませんでした」
　困った私を見兼ねて、京ちゃんが先に発言してくれた。
「きゃぁあー!!!!」
　黄色い声があがるなか、恥ずかしくて視線を下げる。
　うぅ……嬉しいけど、こんなの耐えられないっ……。
「おおっと、熱々ですねぇ〜!　彼女のほうはどうですか?」
　改めて話を振られて、少し考えた。
　好きになったきっかけ……だよね……。
「きっかけ……は、憶えてないんですけど……小学生になった頃には、もう好きだったと思います……」
　幼少の頃から、京ちゃんのお嫁さんになるなんて言っていたけど……。
　はっきりとそれを自覚したのは、小学4年生くらいだったと思う。
　私の答えに、なぜか隣にいる京ちゃんが驚いた表情をしていた。
「……ほんとに?　初めて聞いた……」
　あれ、言ってなかったかな……?
　嬉しそうに笑っている京ちゃんに、また恥ずかしくなっ

て顔を下げた。
「すごい！　参加者たちの中でもずば抜けて歴史のあるカップルですね!!　それでは、お互いの好きなところを教えてください！」
「好きなところ……か」
　ぽつりと呟いてから、悩んでいる様子の京ちゃん。
「全部……って言うと、安っぽいけど……やっぱり全部好きですね。いつまでも純粋な心を持ち続けてるところも、優しいところも、繊細なところも甘え下手なところも。これ以上は教えたくないです」
　……っ!!
　またしても黄色い歓声があがり、私の顔は尋常ではない熱を帯びていた。
「彼氏さん、ゾッコンですねぇ熱々ですね〜！　彼女さんが真っ赤になってますよ〜！」
　う……帰りたいっ……。
　や、やっぱりこういうイベントごとには、参加するんじゃなかった……っ。
　嬉しいけど、嬉しいけどっ……それ以上にすごく恥ずかしいっ……。
　わ、私も好きなところ、言わなきゃいけないんだ……。
「えっと……好きな、ところは……」
　１つに絞ろうと思ったけど、一番なんて選べない……。
「優しいところ、と……」
　羞恥心に耐えながら、ゆっくりと挙げていく。

「どんなことに対しても真剣に取り組むところも、真面目なところも、器用になんでもこなすところもかっこいい、それと……あとは……」
　挙げ出したらきりがなくて、京ちゃんのほうを見る。
「いつも……私の味方でいてくれる、ところ……」
　昔からずっと私の味方でいてくれて、守ってくれて、ヒーローみたいな存在だった。
　そう言って微笑むと、京ちゃんの顔が少し赤くなった。
「……っ」
　あれ……驚いてる……？
　そういえば、好きなところなんて、改めて言ったことはなかったかもしれない。
「なんだか見せつけられてますね……！　それでは、次は相手の嫌いなところや直してほしいところを教えてください！　ありますか？」
「あります」
　えっ……？
　即答した京ちゃんに、少しショックを受けた。
　で、でも、私はダメなところがいっぱいあるから、仕方ないよね……。
　ちゃんと聞いて、直そうっ……！
　そう、思ったのに。
「……可愛すぎるところ、ちょっとどうにかしてほしいですね」
　真顔で告げられたのは、拍子抜けするような内容だった。

……かっ……可愛くないって、言ってるのにっ……！
「……おおっと、盛大に惚気られました……」
　ほら、進行の人も困ってるよ……！
　きっとみんな、こんな女が可愛いなんて、目がおかしいんじゃないかって思ってる……帰りたいっ……。
「彼女さんのほうはありますか？　ずばり、直してほしいところ!!」
　あっ、そ、そっか、私も言わなきゃ……。
「私は……」
　京ちゃんの、直してほしいところ……。
　必死に考えるも、なかなか出てこない。
　私が直さなきゃいけないなぁと思うところなら山ほどあるけど……京ちゃんのダメなとこなんて1つも見つからない……。
「……ないです」
　結局、1つも出てこなかった。
「些細なことでもいいですよ！」
「乃々、なんでもいいんだよ？」
　京ちゃんがそう言ってくれるけど、一向に思い浮かばなかった。
「私は……」
　「ほんとに？」と聞きたそうな瞳で私を見ている京ちゃんに、微笑んだ。
「そのままの、京ちゃんでいてほしい……」
　何も変わらなくていいから、いつまでも優しい京ちゃん

でいてほしいな……。
　シーン……と、会場全体が静まった。
　京ちゃんも、目を見開いてこっちを見ている。
　あ、あれ……？
　私、何か変なこと言ったっ……？
「……質問もう終わりですか？」
　進行の人に、京ちゃんがそう聞いた。
「……っ、は、はい！　終わりです！」
「それじゃあ、もう退場します。……乃々、行くよ」
　えっ……？
　私の腕を掴んで、出口のほうへと歩いていく京ちゃん。
「百合園さん、椎名さん、ありがとうございました……！」
　進行さんの言葉に、ぺこりと頭を下げ、早足で京ちゃんについていく。

　連れてこられたのは、いつもの視聴覚室だった。
　幸い学園祭では使われていないようで、電気もつけず薄暗い教室に２人きり。
　京ちゃん、どうしたんだろう……？
　教室の鍵をかけ、私のほうを向いた京ちゃんの顔を覗き込もうとしたけど、それよりも先に抱きしめられた。
「言ったそばから……あんな可愛い顔して……」
　……え？
「京ちゃ……んっ」
　顔を上げた途端、嚙みつくようなキスが降ってくる。

唇ごと食べられちゃうんじゃないかと思うほど激しいキスに、私はされるがままだった。
「んぅ、はっ……」
　やっと唇が離れて、目一杯酸素を吸い込む。
　ち、窒息死するかと思ったっ……。
「きょ、京ちゃん……どうしたのっ……？」
　こんな荒々しいキス……。
　不思議に思って聞くと、真顔の京ちゃんが口を開いた。
「みんな乃々に釘づけになってた……やっぱり、参加するべきじゃなかったな……」
　釘づけ……？
　言葉の意味がわからず首を傾げた私の頬を、むにっと摘む京ちゃん。
　怒ってるのかな……？と一瞬心配したけど、京ちゃんの表情は穏やかで、むしろ喜んでいるみたいだった。
「でも……嬉しかったよ」
「嬉しい……？」
「あんなふうに想ってくれてたんだね」
　そう言って、嬉しそうに微笑む京ちゃん。
　普段見ることのない無邪気な笑顔に、どきりと胸が高鳴った。
「う、うん……」
　コンテストは恥ずかしい思い出でいっぱいだけど……京ちゃんが喜んでくれたみたいだから、よかった……。
　私も笑顔を返すと、なぜか少し苦しそうに表情を崩した

京ちゃん。
「俺、こんなに重たくて、独占欲の塊で、どうしようもない男なのに……本当にこのままでいいの？　直してほしいところ、ない？」
　いつもの頼もしい京ちゃんからは想像もつかないような不安そうな瞳に、今度はキュンッと胸が音をたてた。
　そんな心配、必要ないのに……ふふっ。
「ないよ……どんな京ちゃんでも大好きだから……」
　自分より一回り大きい身体を、ぎゅーっと抱きしめる。
　いつも京ちゃんがしてくれるように、よしよしと背中を撫でた。
「本当に……乃々には敵わない」
　そう呟いた京ちゃんが、ゆっくりと抱きしめ返してきた。
　なんだか可愛い……こんな京ちゃんは貴重だ。
　甘やかしてあげたくなって、背中や頭を撫で回した。
　可愛い京ちゃんも大好きだなぁ……と思う。
　きっとこれから、たくさん京ちゃんの知らない一面を知っていくんだろう。
　その度に私は、もっともっと京ちゃんを好きになる。
　嫌なところも……直してほしいところも１つもない。
　京ちゃんの全部が、大好きだよ……。
　これからも、ずっと。
　そう心の中で呟いて、私は京ちゃんが離れるまでずっと、優しく抱きしめ続けた。

「誰にもあげない」＊side京壱

　学園祭が無事に終わり、後夜祭に移る。
「飲食部門売り上げ１位のクラスを発表いたします！　１位は——」
　俺たちのクラスは午前の部は学年首位だったが、午後の部でトラブルが起きたらしく、結局下位に終わった。
　心底どうでもよかったけど、乃々が残念がっていたから、午後の部のヤツらには、あとでひと言ってやろうと思う。
「それでは、コンテスト部門の発表に移ります！　カップルコンテスト、最優秀賞は……」
　隣に座っている乃々は、どこか他人事のように進行者を見ていた。
　きっと、自分たちは選ばれないとでも思っているんだろうな。
　本当に、自己評価が低いというか……そういうところも、いじらしくて好きだけど。
「２年Ａクラス、百合園乃々花さん、椎名京壱さんのお２人です!!」
　俺たちの名前が呼ばれ、乃々はきょとんと固まっている。
　その姿に、笑みが溢れた。
「乃々、呼ばれたから行こう」
「……え？　う、嘘っ……」
「嘘じゃないよ。俺たちが１番」

まあ、結果なんてわかっていたけど。
　高校時代という一時の恋人ごっこたちと、同じにしないでほしい。
　俺と乃々の絆は運命で、生涯をともにするんだから……当然の結果だ。
「最優秀カップルには、こちらのペアリングが贈呈されます！　このあと、擬似(ぎじ)結婚式を行いますので、その際にお持ちください！」
　ステージに上がると、ペアリングの入った箱を渡された。
　乃々はまだ実感がわかないのか、慌てふためいた表情で俺を見ている。
　その顔が可愛くて、また笑ってしまった。
　擬似結婚式なんて、正直必要ないけど……と思いながらも、用意されたタキシードを身に纏う。
　高校を卒業したら籍を入れて、親族だけを集めた結婚式をするつもりだ。
　20歳になったら、披露宴(ひろうえん)も行わなければいけない。
　形式だけとはいえ、これを入れて３回結婚式をすることになるのか……と、乃々の着替えを待ちながら考えていると、乃々の衣装担当が声をかけてきた。
「新婦さん、着替え終わりました〜」
　ゆっくりと、扉が開く。
　扉の奥から出てきた乃々の姿に、俺は呼吸をするのさえ忘れた。
「……お、お待たせ……京ちゃんっ……」

普段は可愛いを具現化したような乃々だが、ウエディングドレスを着た乃々は、息を呑むほど美しかった。
　女神が舞い降りたのかと思うほど綺麗で……いや、乃々が女神よりも美しいのは当たり前だけれど。
　表現する言葉を探しても、俺の持ち得ている知識では表せないほど、ただただ美しい。
「きょ、京ちゃん……？」
「……」
「……えっと……変、かな……？」
「…………ごめん乃々、やめよう」
「……え？　きゃっ……!!」
　俺は乃々を抱きかかえて、逃げるように校舎を走った。
「ちょっ、待ってください!!　どこ行くんですか!!」
　実行委員らしき人物が追いかけてくるが、振り払うため走る速度を上げた。
「結婚式は取りやめでお願いします！」
「ええ!!　困りますよ……!!」
　いや、俺のほうが困る。
　こんな可愛い乃々を大衆の目に晒したら、全人類が乃々に恋をしてしまうだろ。
「京ちゃん、ど、どこ行くのっ……!?」
「ほんとにごめんね、少しじっとしてて」
　そう言うと、俺の首に捕まって、おとなしくなった乃々。
　俺は華奢な身体を抱えて、人がいない場所へと急いだ。

立ち入り禁止と書かれた屋上。
　キーケースについているスペアキーで、鍵を開けた。
「京ちゃん、どうして鍵持ってるの……？」
「ある伝手から貰ったんだ」
「そ、そうなんだ……」
「……よし、ここなら誰もいないね」
　俺は屋上の鍵をかけて、ベンチに乃々を座らせた。
　６月だからちょうどいい気温だが、薄着の乃々に自分のジャケットをかける。
　隣に座って、乃々のほうを見た。
「……ごめんね」
「え？」
「勝手に、結婚式断って……」
　申し訳なくて謝罪すると、乃々は笑顔で首を横に振る。
「ううんっ、いいの……！　京ちゃんがイヤなら……。でも、どうして辞退するの……？」
「乃々が可愛すぎて、他の男に見せたくないから」
「……っ」
　俺の言葉に、薄暗いなかでもわかるほど、赤く染まった乃々の頬。
「……そ、そっか……」
　恥ずかしそうに、手を握りながらもじもじとしている姿が可愛くて自分の口元を押さえた。
　無理だ……可愛い……。
　乃々といると、"可愛い"しか出てこなくなる。

しかも、今はウエディングドレスを纏い装飾を施して、可愛いのキャパシティを超えている状態だ。
　頬が緩んで、どうしようもない……。
「やっぱり、攫ってきて正解だった……。こんな可愛い乃々、他のヤツに見せたら大変なことになる」
「京ちゃんってば、いっつも大げさだよっ、ふふっ」
　そんなわけないのにとでも言いたげな表情に、頭を抱えたくなった。
　自覚がないからまた困るんだ。無自覚に周りを惑わせて、虜にするから……。
　俺みたいに、乃々に骨抜きにされる男は……この世に１人だけでいいのに。
「でも……最優秀賞なんて夢みたい」
「当たり前だよ。……でも、どうして参加したかったの？」
　そういえば聞いていなかった……と、疑問に思っていたことを口にした。
　乃々は人前に出るのが苦手だし、そういうものは嫌いそうなのに……。
「……えっと……リングが……」
「リング？　……これ？」
　ポケットに入れていた、景品のペアリングを取り出す。
「うん……！　これが欲しかったの……！」
　乃々の顔がぱあっと笑顔になって、箱からリングを取り出した。
　リングが欲しかったのか……そんなの、俺が何個でも

買ってあげるのに。
「こんな安物でいいの……？」
「ふふっ、値段なんて関係ないよっ。京ちゃんとおそろいのものが欲しかったのっ」
　……え？
「京ちゃんの指に、填めてもいい？」
「……あ……うん」
　乃々の言葉に慌てて頷くと、ゆっくりと填められていくリング。
　乃々も自分の分を指に填めて、俺の手に重ねた。
「ふふっ、初めてのおそろいっ……」
　満足げにふにゃりと微笑む乃々を、堪えきれずに抱きしめた。
　もう本当に……愛しすぎてどうしようもないっ……。
「おそろいのものが欲しいなんて、知らなかったよ」
「ちょっと憧れがあったの……えへへ」
「欲しいものがあるならいつでも言って。乃々のためなら、なんだって手に入れるから」
　その笑顔が見られるなら、どんな高価なものだって……手に入れるのが困難なものだって買ってあげる。
　俺は心が狭くて、独占欲の塊で、乃々のいろんな出会いを無駄にして、行動を縛ってしまっていると思う。
　これから先もきっと、嫉妬や束縛で乃々のことを困らせることも……山ほどあると思う。
　でも……俺にできる精一杯で、幸せにすると誓うから。

困らせること以上に、乃々を喜ばせて、この笑顔をいつまでも守るから……。
「18歳までは、このペアリングをつけようか」
　一生、俺のそばにいると約束して。
「……え？」
　意味がわかっていないのか、きょとんとしている乃々。
「今日は挙げられなかったけど……」
　そう言って、乃々の頬に自分の両手を重ねた。
「卒業したら、結婚式挙げようね」
　真っ直ぐに綺麗な瞳を見つめながら、今まで口にはしなかったことを告げる。
　さすがに意味を理解したのか、乃々がその目を大きく見開いた。
「……いいの？　私、ダメなところばかりだよ……？」
「……ダメなところなんて１つもないよ」
「京ちゃんのこと、また怒らせちゃうかも……」
「もう怒らないって、約束する」
「京ちゃんに全然釣り合ってないし、私みたいな奥さんじゃ、京ちゃんの顔に泥を塗っちゃうかも……」
「そんなことない。奥さんにしたいと思う人は、生涯乃々しか現れないよ。それとも乃々は……俺とは結婚したくない？」
　そう聞くと、乃々は泣きそうな顔で首を振った。
「し、したいっ……京ちゃんと、ずっと一緒がいいっ……」
　しがみつくように抱きついてくる小さな身体が、愛しく

て仕方がない。
「よかった……」
「私、ずっと好きでいてもらえるように、頑張るっ……」
　頑張る必要なんてないのに。
　俺は何があっても、ずっと乃々に溺れているから。
　この先、どんなヤツが現れても、どんな試練が待っていても……。
「誰にもあげない……。一生俺だけに独占されてて」
　——乃々は、俺だけのもの。
　後夜祭を彩る光が、暗闇にいる俺たちを照らす。
　そして、どちらからともなく唇を寄せ、少し早い誓いのキスを交わした。

【END】

あとがき

このたびは、数ある書籍の中から『腹黒王子さまは私のことが大好きらしい。』を手に取ってくださり、ありがとうございます！

『溺愛120%の恋♡』シリーズ第３弾となる今作は、「ヤンデレ×幼なじみ×溺愛」をテーマに書かせていただきました。
１作目・２作目に登場した京壱とその幼なじみのお話です。ずっと書きたかった２人なので、執筆期間はとても楽しかったです！
皆さんにも、少しでも楽しんでいただけたら何よりです。

この３作目で"溺愛シリーズ"も前半が終了し、次回４作目から後編に入ります！
４作目には、２作目のカップルである莉子ちゃんと湊先輩のイケメン息子がヒーローとして登場します。
また、主人公の女の子はとあるカップルの子供なので、是非次回作の方も読んでいただけると嬉しいです。

少しだけ４作目についてお話しさせていただくと、男嫌いの主人公が、双子の兄の代わりに男装して男子校に通うという物語になります。

あとがき >> 343

　「男子校×紅一点×溺愛」をテーマに、クールな一匹狼に溺愛される甘々な学園ラブ♡になっています。

　第1弾、そして第3弾の2人も本編のどこかで登場いたしますので、まだまだ続く溺愛シリーズ、どうぞ楽しみにしていてくださいね！

　改めまして、ここまで読んでくださり本当にありがとうございます！
　無事に前半を書き切ることができたのは、支えてくださった方々のおかげです！

　素敵なイラストを描いてくださった覡あおひ様。
　そして、こうして作品を読んでくださった読者の皆様。
　温かく応援してくださるファンの皆様。

　書籍化にあたって、携わってくださった全ての方々に、深く御礼申し上げます！

　後編に突入する溺愛シリーズ、今後の作品もどうぞ宜しくお願いいたします(*´˘`*)！

2019年3月25日　✝あいら＊

作・*あいら*
マンガ家を目指す女子大生。胸キュン、溺愛、ハッピーエンドをこよなく愛する頭お花畑系女子(笑)。近著は『愛は溺死レベル』"溺愛120%の恋♥"シリーズ第1弾『キミが可愛くてたまらない。』第2弾『クールな生徒会長は私だけにとびきり甘い。』(すべてスターツ出版刊)など。ケータイ小説サイト「野いちご」で執筆活動中。

絵・覡あおひ(かんなぎあおひ)
6月11日生まれのふたご座。栃木生まれ。猫と可愛い女の子のイラストを見たり描いたりするのが好き。少女イラストを中心に活動中。

ファンレターのあて先
♥

〒104-0031
東京都中央区京橋1-3-1
八重洲口大栄ビル7F

スターツ出版(株)書籍編集部 気付

あいら 先生

この物語はフィクションです。
実在の人物、団体等とは一切関係がありません。

KEITAI
SHOUSETSU
BUNKO
野いちご SINCE 2009

腹黒王子さまは私のことが大好きらしい。
2019年3月25日　初版第1刷発行
2021年11月10日　第5刷発行

著　者　＊あいら＊
　　　　Ⓒ＊Aira＊ 2019

発行人　菊地修一

デザイン　カバー　金子歩未（hive&co.,ltd）
　　　　　フォーマット　黒門ビリー＆フラミンゴスタジオ

DTP　朝日メディアインターナショナル株式会社

編　集　長井泉
　　　　加藤ゆりの　伴野典子（ともに説話社）

発行所　スターツ出版株式会社
　　　　〒104-0031 東京都中央区京橋1-3-1　八重洲口大栄ビル7F
　　　　出版マーケティンググループ　TEL03-6202-0386
　　　　（ご注文等に関するお問い合わせ）
　　　　https://starts-pub.jp/

印刷所　共同印刷株式会社
Printed in Japan

乱丁・落丁などの不良品はお取り替えいたします。上記出版マーケティンググループまでお問い合わせください。
本書を無断で複写することは、著作権法により禁じられています。
定価はカバーに記載されています。

ISBN 978-4-8137-0647-2　C0193

ケータイ小説文庫　2019年3月発売

『悪魔の封印を解いちゃったので、クールな幼なじみと同居します！』神立まお・著

突然、高2の佐奈の前に現れた黒ネコ姿の悪魔・リド。リドに「お前は俺のもの」と言われた佐奈はお祓いのため、リドと、幼なじみで神社の息子・晃と同居生活をはじめるけど、怪奇現象に巻き込まれたりトラブル続き。さらに、恋の予感も!?　俺様悪魔とクールな幼なじみとのラブファンタジー！

ISBN978-4-8137-0646-5
定価:本体 590円+税

ピンクレーベル

『一途で甘いキミの溺愛が止まらない。』三宅あおい・著

内気な高校生・菜穂はある日突然、父の会社を救ってもらう代わりに、大企業の社長の息子と婚約することに。その相手はなんと、超イケメンな同級生・蓮だった！　しかも蓮は以前から菜穂のことが好きだったと言い、毎日「可愛い」「天使」と連呼して菜穂を溺愛。甘々な同居ラブに胸キュン!!

ISBN978-4-8137-0645-8
定価:本体 590円+税

ピンクレーベル

『腹黒王子さまは私のことが大好きらしい。』*あいら*・著

超有名企業のイケメン御曹司・京壱は校内にファンクラブができるほど女の子にモテモテ。でも彼は幼なじみの乃々花のことを異常なくらい溺愛していて…。「俺だけの可愛い乃々花に近づく男は絶対に許さない」――ヤンデレな彼に最初から最後まで愛されまくり♡　溺愛120%の恋シリーズ第3弾！

ISBN978-4-8137-0647-2
定価:本体 590円+税

ピンクレーベル

『求愛』ユウチャン・著

高校生のリサは過去の出来事のせいで自暴自棄に生きていた。そんなリサの生活はタカと出会い変わっていく。孤独を抱え、心の奥底では愛を欲していたリサとタカ。導かれるように惹かれ求めあい、小さな幸せを手にするけれど…。運命に翻弄されながらも懸命に生きるふたりの愛に号泣の感動作！

ISBN978-4-8137-0662-5
定価:本体 590円+税

ブルーレーベル

読むたび何度でも恋をする…全力恋宣言！
毎月25日はケータイ小説文庫の日♥

心に沁みるピュアラブやキラキラの青春小説、
「野いちご」ならではの胸キュン小説など、注目作が続々登場！

ケータイ小説文庫　好評の既刊

『ふたりは幼なじみ。』青山そらら・著

梨々香は名門・西園寺家の一人娘。同い年で専属執事の神楽は、小さい時からいつも一緒にいて必ず梨々香を守ってくれる頼れる存在だ。お嬢様と執事の関係だけど、「りぃ」「かーくん」って呼び合う仲のいい幼なじみ。ある日、梨々香にお見合いの話がくるけど…。ピュアで一途な幼なじみラブ！

ISBN978-4-8137-0629-8
定価：本体590円+税

ピンクレーベル

『新装版　特等席はアナタの隣。』香乃子・著

学校一のモテ男・黒崎と純情少女モカは、放課後の図書室で親密になり付き合うことになる。他の女子には無愛想な和泉だけど、モカには「お前の全部が欲しい」と宣言したり、学校で甘いキスをしたり、愛情表現たっぷり。モカ一筋で毎日甘い言葉を囁く和泉に、モカの心臓は鳴りやまなくて…!?

ISBN978-4-8137-0628-1
定価：本体640円+税

ピンクレーベル

『月がキレイな夜に、きみの一番星になりたい。』涙鳴・著

蕾は無痛症を患い、心配性な親から行動を制限されていた。もっと高校生らしく遊びたい――そんな自由への憧れは誰にも言えないでいた蕾。ある晩、バルコニーに傷だらけの男子・夜斗が現れる。暴走族のメンバーだと言う彼は『お前の願いを叶えたい』と、蕾を外の世界に連れ出してくれて…？

ISBN978-4-8137-0630-4
定価：本体540円+税

ブルーレーベル

ケータイ小説文庫 好評の既刊

『今すぐぎゅっと、だきしめて。』Mai・著

中学最後の夏休み前夜、目を覚ますとそこには…なんと、超イケメンのユーレイが！ヒロと名乗る彼に突然キスされ、彼の死の謎を解く契約を結んでしまったユイ。最初はうんざりしながらも、一緒に過ごすうちに意外な優しさをみせるヒロにキュンとして…。ユーレイと人間、そんなふたりの恋の結末は!?

ISBN978-4-8137-0613-7
定価:本体590円+税

ピンクレーベル

『総長に恋したお嬢様』Moonstone・著

玲は財閥令嬢で、お金持ち学校に通う高校生。ある日、街で不良に絡まれていたところを通りすがりのイケメン男子・憐斗に助けられて、彼はなんと暴走族の総長だった。最初は怯える玲だったけれど、仲間思いで優しい彼に惹かれていって…。独占欲強めな総長とのじれ甘ラブにドキドキ!!

ISBN978-4-8137-0611-3
定価:本体640円+税

ピンクレーベル

『クールな生徒会長は私だけにとびきり甘い。』*あいら*・著

高1の莉子は、女嫌いで有名なイケメン生徒会長・湊先輩に突然告白されてビックリ！ 成績優秀でサッカー部のエースでもある彼は、莉子にだけ優しくて、家まで送ってくれたり、困ったときに助けてくれたり。初めは戸惑う莉子だったけど、先輩と一緒にいるだけで胸がドキドキしてしまい…?

ISBN978-4-8137-0612-0
定価:本体590円+税

ピンクレーベル

『キミに捧ぐ愛』miNato・著

美少女の結愛はその容姿のせいで女子から妬まれ、孤独な日々を過ごしていた。心の支えだった彼氏も浮気をしていると知り、絶望していたとき、街でヒロトに出会う。自分のことを『欠陥人間』と言う彼に、結愛と似たものを感じ惹かれていく。そんな中、結愛は隠されていた家族の秘密を知り…。

ISBN978-4-8137-0614-4
定価:本体590円+税

ブルーレーベル

読むたび何度でも恋をする…全力恋宣言！
毎月25日はケータイ小説文庫の日♥

心に沁みるピュアラブやキラキラの青春小説、
「野いちご」ならではの胸キュン小説など、注目作が続々登場！

ケータイ小説文庫　好評の既刊

『クールな同級生と、秘密の婚約!?』 SELEN(セレン)・著

高2の亜瑚は倒産危機に陥った両親の会社を救うため、政略結婚することに。相手はなんと学校一のモテ男子・湊だった。婚約者として湊との同居が始まり戸惑う亜瑚。でも、料理中にハグされたり「いってきます」のキスをされたり、毎日ドキドキの連続で!?　新婚生活みたいに激甘な恋に胸キュン！！
ISBN978-4-8137-0588-8
定価：本体590円+税

ピンクレーベル

『天ヶ瀬くんは甘やかしてくれない。』 みゅーな**・著

高2のももは、同じクラスのイケメン・天ヶ瀬くんのことが好きだけど、話しかけることすらできずにいた。なのにある日突然、天ヶ瀬くんに「今日から俺の彼女ね」と宣言される。からかわれているだけだと思っていたけれど、「ももは俺だけのものでしょ？」と独り占めしようとしてきて…。
ISBN978-4-8137-0589-5
定価：本体590円+税

ピンクレーベル

『新装版 てのひらを、ぎゅっと』 逢優(あゆ)・著

彼氏の光希と幸せな日々を過ごしていた中3の心優は、突然病に襲われ、余命3ヶ月と宣告されてしまう。光希の幸せを考え、好きな人ができたから別れようと嘘をついて病と闘う決意をした心優だったけど…。命の大切さ、人との絆の大切さを教えてくれる大ヒット人気作が、新装版として登場！
ISBN978-4-8137-0590-1
定価：本体590円+税

ブルーレーベル

読むたび何度でも恋をする…全力恋宣言!
毎月25日はケータイ小説文庫の日♥

心に沁みるピュアラブやキラキラの青春小説、
「野いちご」ならではの胸キュン小説など、注目作が続々登場!

ケータイ小説文庫　好評の既刊

『オオカミ系幼なじみと同居中。』Mai・著

16歳の未央はひょんなことから父の友人宅に居候することに。そこにはマイペースで強引だけどイケメンな、同い年の要が住んでいた。初対面のはずなのに、愛おしそうに未央のことを見つめる要にキスされ戸惑う未央。でも、実はふたりは以前出会っていたようで…? 運命的な同居ラブにドキドキ!
ISBN978-4-8137-0569-7
定価：本体610円+税

ピンクレーベル

『キミが可愛くてたまらない。』＊あいら＊・著

高2の真由は隣に住む幼なじみ・煌貴と仲良し。彼はなんでもできちゃうイケメンで女子に大人気だけど、"冷血王子"と呼ばれるほど無愛想。そんな煌貴に突然「俺のものになって」とキスされて…。お兄ちゃんみたいな存在だったのに、ドキドキが止まらない!! 甘々120%な溺愛シリーズ第1弾!
ISBN978-4-8137-0570-3
定価：本体590円+税

ピンクレーベル

『新装版 サヨナラのしずく』juna・著

優等生だけど、孤独で居場所がみつからない高校生の雫。繁華街で危ないところを、謎の男・シュンに助けられる。お互いの寂しさを埋めるように惹かれ合うふたりだが、元暴走族の総長だった彼には秘密があり、雫を守るために別れを決意する。愛する人との出会いと別れ。号泣必至の切ない物語。
ISBN978-4-8137-0571-0
定価：本体570円+税

ブルーレーベル

ケータイ小説文庫　好評の既刊

『無気力王子とじれ甘同居。』雨乃めこ・著

高2の祐実はひとり暮らし中。ある日突然、大家さんの手違いで、授業中居眠りばかりだけど学年一イケメンな無気力男子・松月くんと同居することになってしまう。マイペースな彼に振り回される祐実だけど、勝手に添い寝をして甘えてきたり、普段とは違う一面を見せる彼に惹かれていって…？

ISBN978-4-8137-0550-5
定価：本体590円+税

ピンクレーベル

『俺の愛も絆も、全部お前にくれてやる。』晴虹・著

全国でNo.1の不良少女、通称"黄金の桜"である泉は、ある理由から男装して中学に入学する。そこは不良の集まる学校で、涼をはじめとする仲間に出会い、タイマンや新入生VS在校生の"戦争"を通して仲良くなる。涼の優しさに泉は惹かれはじめるものの、泉は自分を偽り続けていて…？

ISBN978-4-8137-0551-2
定価：本体590円+税

ピンクレーベル

『月明かりの下、君に溺れ恋に落ちた。』nako.・著

家族に先立たれた孤独な少女の朝日はある日、家の前で見知らぬ男が血だらけで倒れているのを発見する。戸惑う朝日だったが、看病することに。男は零と名乗り、何者かに追われているようだった。零もまた朝日と同じく孤独を抱えており、ふたりは寂しさを埋めるように一夜を共にして…？

ISBN978-4-8137-0552-9
定価：本体590円+税

ブルーレーベル

『新装版 キミのイタズラに涙する。』cheeery・著

高校1年の沙良は、イタズラ好きのイケメン・隆平と同じクラスになる。いつも温かく愛のあるイタズラを仕掛ける彼に、イジメを受けていた満は救われ、沙良も惹かれていく。思いきって告白するが、彼は返事を保留にしたまま、白血病で倒れてしまい…。第9回日本ケータイ小説大賞・優秀賞＆TSUTAYA賞受賞の人気作が、新装版で登場！

ISBN978-4-8137-0553-6
定価：本体580円+税

ブルーレーベル

ケータイ小説文庫　2019年4月発売

『甘えないで榛名くん。(仮)』みゅーな**・著

高2の雛乃は隣のクラスのモテ男・榛名くんに突然キスされ怒り心頭。二度と関わりたくないと思っていたのに、家に帰ると彼がいて、母親から2人で暮らすよう言い渡される。幼なじみだったことが判明し、渋々同居を始めた雛乃だったけど、甘えられたり抱きしめられたり、ドキドキの連続で…!?

ISBN978-4-8137-0663-2
予価:本体500円+税

ピンクレーベル

『俺が意地悪するのはお前だけ。(仮)』善生茉由佳・著

普通の高校生・花穂は、幼い頃幼なじみの蓮にいじめられてから、男子が苦手。平穏に毎日を過ごしていたけど、引っ越したはずの蓮が突然戻ってきた…！高校生になった蓮はイケメンで外面がよくてモテモテだけど、花穂にだけ以前のままの意地悪。そんな蓮がいきなりデートに誘ってきて…!?

ISBN978-4-8137-0674-8
予価:本体500円+税

ピンクレーベル

『眠り姫はひだまりで (仮)』相沢ちせ・著

眠るのが大好きな高1の色葉はクラスの"癒し姫"。旧校舎の空き教室でのお昼寝タイムが日課。ある日、秘密のルートから隠れ家に行くと、イケメンの絆が！　彼はいきなり「今日の放課後、ここにきて」と優しくささやいてきて…。クール王子が見せる甘い表情に色葉の胸はときめくばかり!?

ISBN978-4-8137-0664-9
予価:本体500円+税

ピンクレーベル

『雪の降る海 (仮)』河野美姫・著

高校生の渚は幼なじみの雪緒と付き合っている。ちょっと意地悪で、でも渚にだけ甘い雪緒と毎日幸せに過ごしていたけれど、ある日雪緒の脳に腫瘍が見つかってしまう。自分が余命僅かだと知った雪緒は渚に別れを告げるが、渚は最後の瞬間まで雪緒のそばにいることを決意して…。感動の恋物語。

ISBN978-4-8137-0665-6
予価:本体500円+税

ブルーレーベル

書店店頭にご希望の本がない場合は、
書店にてご注文いただけます。